BÄRBEL KIEßLING

Gipfel-
glück
– Seilschaften
fürs Leben

MIT GASTBEITRÄGEN
DER BERGKAMERDINNEN

Zum Buch

Der Anlass, dieses Buch zu schreiben, war ein
Treffen der ehemaligen Jungmädelgruppe des
OeAV (Österreichischer Alpenverein) im Herbst
2024 in Ruhpolding.

Damals, in den Jahren von 1955 bis 1965 waren
diese Mädchen 12 bis 20 Jahre alt. Von den ehe-
mals 18 Teilnehmerinnen kamen 10 zu diesem
Treffen, alle sind jetzt über 80 Jahre alt.

Nach 70 Jahren war es ein herzliches Wiedersehen, und sofort waren die alten Erinnerungen
wieder präsent, und die Erlebnisse dieser Jugend-
zeit sprudelten aus dem Gedächtnis.

Bärbel Kießling, die damalige Leiterin der Gruppe,
hat diese Geschichten gesammelt, sprachlich aufbereitet und druckreif gesetzt. Außerdem hat sie
eigene Begebenheiten über die Zeit ihrer Berg-
steigerjahre, über die Kamerad- und Freundschaft
und die Hüttenerlebnisse in ihrem Bergtagebuch
aufgezeichnet. Aus diesem „Tagebuch" stammen
die meisten Erzählungen aus diesem Buch.

Mit vielen Fotos aus der damaligen Zeit, soweit
möglich digital aufbereitet, werden die Geschichten
lebendig. So erzählt das Buch eindrucksvoll und
unterhaltsam von Freundschaft, Zuverlässigkeit,
Vertrauen und Wahrhaftigkeit – und von Werten,
die heute manchmal unterzugehen drohen.

BÄRBEL KIEßLING

Gipfel- glück

– Seilschaften fürs Leben

MIT GASTBEITRÄGEN
DER BERGKAMERDINNEN

Dieses Buch schildert Bergerlebnisse in den 50er und
60er Jahren. Die Erlebnisse sind viele Jahre her und aus
der Erinnerung geschrieben. Daher übernehmen wir
keine Haftung für die Korrektheit, Aktualität
und Richtigkeit der Inhalte und Angaben. Aus Gründen
der Privatsphäre wurden manche Namen geändert.

Originalausgabe
© 2025 Bärbel Kießling

Verlag:
BoD · Books on Demand GmbH, Überseering 33,
22297 Hamburg, bod@bod.de
Druck:
Libri Plureos GmbH, Friedensallee 273, 22763 Hamburg
Umschlagdesign und Gestaltung:
Artemino Design GmbH
Fotos und Zeichnungen: Bärbel Kießling
Dieses Buch ist auch als E-Book erhältlich
ISBN: 978-3-7597-8805-4

Bibliografische Information der Nationalbibliothek:
Die Deutsche Nationalbibliothek verzeichnet
diese Publikation in der Deutschen Nationalbibliografie;
detaillierte bibliografische Daten sind im Internet unter
http://dnb.ddb.de abrufbar.

Für meine Familie,
für meine Bergkameradinnen und Bergkameraden,
für die Bergsteigerfreunde in den Alpen
und überall auf der Welt
und für die nächste Generation.

Die Autorin

Bärbel Kießling, wurde in den Kriegswirren im Jahr 1942 in Berlin geboren, zwischen Fliegeralarm, Bombenangriffen und Luftschutzkeller. Nachdem sie von ihrer Mutter, die an der Charité in Berlin unabkömmlich war, in Sicherheit gebracht wurde, wuchs sie bei ihrer Großmutter in Tirol auf.

Nach dem Krieg kamen auch ihre Eltern aus Berlin nach Reit im Winkl und bauten sich dort ein neues Leben auf. Bärbel liebte die Natur und die Berge und bereits mit 14 Jahren war ihre Leidenschaft fürs Klettern geweckt. Mit dem Vater und mit Bergkamerden ging es oft mit dem Alpenverein auf Routen rund um den Wilden Kaiser.

Mit 15 Jahren fing Bärbel ihre Ausbildung als Apothekenhelferin in Reit im Winkl an. Etwa um die gleiche Zeit führte sie im Österreichischen Alpenverein (OeAV) die Jungmädelsgruppe. Bärbel Kießling studierte später bildende Kunst. Sie ist verheiratet mit ihrem Mann Horst und lebt in Oberfranken. Auch wenn die Distanzen groß sind, halten einige Bergkameradinnen von damals den Kontakt, erzählen sich bisweilen vom „Gipfelglück" und pflegen ihre „Seilschaft fürs Leben"!

Die Gastbeiträge
in diesem Buch stammen von

Christa Braun

Anneliese Öttl

Ulla Hocker

Horst Kießling

Maria Thoma

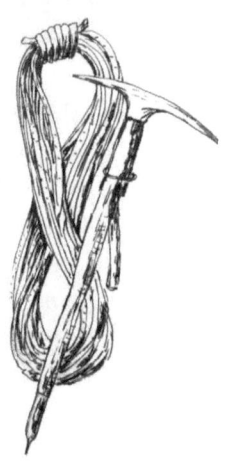

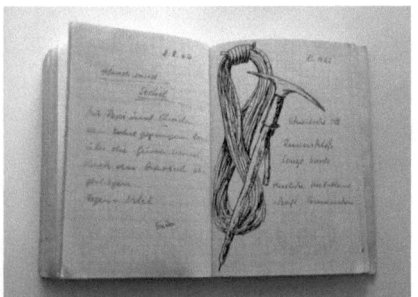

*Die Zeichnungen
in diesem Buch
stammen aus Bärbels
Tourenbuch.*

Bergvagabunden

Wenn wir erklimmen schwindelnde Höhen
Steigen dem Gipfelkreuz zu
In unsern Herzen brennt eine Sehnsucht
Die lässt uns nimmer in Ruh

Herrliche Berge, sonnige Höhen
Bergvagabunden sind wir, ja wir
Herrliche Berge, sonnige Höhen
Bergvagabunden sind wir

Mit Seil und Haken, den Tod im Nacken
Hängen wir an der steilen Wand
Herzen erglühen, Edelweiß blühen
Vorbei geht's mit sicherer Hand

Fels ist bezwungen, frei atmen Lungen
Ach, wie so schön ist die Welt
Handschlag, ein Lächeln, Mühen vergessen
Alles aufs Beste bestellt

Beim Alpenglühen heimwärts wir ziehen
Berge, die leuchten so rot
Wir kommen wieder, denn wir sind Brüder
Brüder auf Leben und Tod

Lebt wohl, ihr Berge, sonnige Höhen
Bergvagabunden sind treu, ja treu
Lebt wohl, ihr Berge, sonnige Höhen
Bergvagabunden sind treu

Liedtext: Erich Hartinger;
Melodie: Hans Kolesa (ca. 1945)

Inhalt

Die Autorinnen
Vorwort

Bärbel erzählt

Anneliese erzählt

7

Vorwort:

In den Jahren 1956 bis 1965 gab es beim Österreichischen Alpenverein, Sektion Kössen/Reit im Winkl, eine Jungmädchengruppe mit 14 Mädchen im Alter von 14 bis 20 Jahren.

Heute heißen diese jungen 14 – 20-jährigen Bergsteiger/innen „Youngsters".

Die Leitung hatte Bärbel Hintze, verh. Kießling. Sie besaß damals schon die Ausbildung als Jugendführerin durch den OeAV.

Die Jungmädchengruppe

Franzl kimm jetzt gehen ma klettern

Franzl kimm jetzt gehen ma klettern! Geh nur allweil du voran!
Und i wird schon schrein und zetern, wenn i nimmer weiter kann.
Nimm mi ans Seil, nimm mi ans Seil,
Franz i siags schon, de Wand de wird ma z'steil.

An der Plattn tua ma kleben und dö Griff san so weit weg,
und i kann sie nit dastrebn, wann i mi a no so streck.
Zoag mir an Griff, zoag mir an Griff,
Franz i siag schon, de Sach dö geht jetzt schief.

Unter einem Überhangl, auf dem glattesten Gestein,
schon ertönt mein banges Gsangl, meinem Freund durch Mark und Bein.
Geh Franzl ziag, geh Franzl ziag,
denn i siags schon, i fliag, ja i fliag.

Überm Abgrund tua i schwebn, unter mir is lauter Luft,
und der Franz lasst nach a Stückl, er ziagt mi net in d'Höh, der Schuft.
Lass mi nit aus, lass mi nit aus,
Franz sonst tragst mi im Schneiztüchl z'Haus.

Und dann san ma endlich obn, und der Freund ist müd und matt,
Ja er kann den Herrgott loben, dass er so an Partner hat.
Reich mir die Hand, reich mir die Hand,
denn ohne mi hängast eh no in der Wand.

Aus der Sammlung Tiroler Volksliedarchiv, Inv.-Nr. 25123;
„Liederheft Barbara Haunholter", Schwendt

Wie es zu der Idee des Buches kam

Im Oktober 2024 trafen sich einige dieser Gruppe in Ruhpolding wieder. Es gab nach 66 Jahren ein freudiges Wiedersehen. Sofort waren die Erinnerungen wieder präsent, die Geschichten sprudelten, es wurden viele Begebenheiten wieder ins Gedächtnis gerufen und viel gelacht, aber auch berichtet über Bergkameraden und Bergfreundinnen, die nicht mehr unter uns sind.

Und irgendwann danach tauchte die Idee auf, all die oft einmaligen, unwiederholbaren und heute nicht mehr vorstellbaren Episoden und Geschichten schriftlich festzuhalten für uns aus der Gruppe, für Freunde und Bekannte, vielleicht auch für Jüngere und auch für nachfolgende Generationen…Von der Idee zum Buch war es jedoch ein weiter Weg.

aus Bärbels Tourenbuch

Bärbel erzählt

„Unser Pflaumei"

Die Fritz Pflaum Hütte liegt mitten im Griesner Kar im Kaisergebirge auf 1.865 m Seehöhe. Man erreicht sie am schnellsten von der Griesner-Alm aus.

Die kleine Hütte wurde nach dem Alpinisten Fritz Pflaum benannt, der 1871 geboren wurde. Er war Sportsmann, Naturfreund und Liebhaber des Wilden Kaiser. Als er 1908 bei einer Tour auf den Mönch im Berner Oberland abstürzte, spendeten seine Familie und Freunde das Geld, um ihm zu Ehren diese Hütte im Griesner Kar zu bauen.

Die Hütte gehört der Sektion Bayerland des Deutschen Alpenvereins. Sie wurde allerdings nie bewirtschaftet, sondern war immer eine Selbstversorgerhütte mit Matratzenlager und ist ganzjährig mit einem Schlüssel zugänglich.

Dieses Schutzhaus steht seit 1912 wie eine winzige Trutzburg im Herzen des Griesner Kar, einem riesigen Hufeisen aus Geröll, umgeben vom Mitterkaiser, den Zweitausendern Lärcheck und Predigtstuhl und den Gipfeln und Scharten der Törltor- und Regalptürme, die sich dort malerisch aneinanderreihen.

Der Aufstieg von der Griesner Alm aus ist in 2 ½ Stunden zu schaffen. Auf dem Weg zum Stripsenjoch zweigt nach der „Russenleiten" ein kleiner Steig links ab, und dann geht es nach der Baumgrenze steil in Serpentinen durch Latschen und Geröll ins Griesner Kar.

Den Schlüssel mussten wir beim Thomas Haunholter in Kössen holen. Aber meistens war das gar nicht nötig, denn der Thomas war schon immer vor uns auf der Hütte, außer im Winter, denn Schifahren war nicht sein Ding.

Wenn wir nach dem anstrengenden Aufstieg „unser Pflaumei" inmitten der grandiosen Felskulisse sahen, ging uns jedes Mal erneut das Herz auf. Wir waren wieder „daheim".

Fritz-Pflaum-Hütte mit Traumkulisse zum Kleinen Törl,
den Regalp- und Törltürmen

Wenn man in die Hütte kam, stand man in einem kleinen Vorraum, dann ging es rechts in die Stube, deren Mittelpunkt der große Herd war. Darüber verlief eine hölzerne Stange zum Trocknen der nassen Kleidung. Links und rechts im Raum standen Bänke und Tische. Vom Vorraum führte eine knarzende Stiege hinauf zu zwei Matratzenlagern, wobei sich rechts das „1. Klasse-Lager" befand und links das „2. Klasse-Lager". In der ersten Klasse war nur Platz für etwa vier Personen, während sich im anderen Raum manchmal 10 und 12 Personen die Matratzen teilen mussten. Es gab auch dicke Wolldecken, auf denen „Fußende" stand. Aber wenn man sich im Dunkeln auf die Liegestatt tastete, konnte man nicht mehr sehen, wo Fuß- oder Kopfende waren. Manchmal konnte man durch eine Geruchsprobe das „Fußende" definieren. Aber außerdem war es egal, denn staubig waren die Decken sowieso, ob oben oder unten. Gegraust hat's mich schon manchmal und aufs Kopfkissen habe ich mir immer mein Halstuch gelegt; geschlafen haben wir aber meistens trotzdem ganz gut, es sei denn, im Lager war ein herzhafter Schnarcher, der in einer Nacht einen ganzen Bergwald „absägen" konnte. Erst viel später kamen die dünnen Schlafsäcke auf. Endlich!
Hinter dem Haus war eine Zisterne mit Regenwasser, das man natürlich abkochen musste, und

im Winter wurde Schnee für Teewasser geschmolzen. Hinter der Hütte lagerte der Stapel Feuerholz, davor ein Hackstock und dazu eine Hacke. Jeder von uns – das war Ehrensache - nahm vom Holzstapel, der kurz nach der Weggabelung zum Stripsenjoch lagerte, ein Meterscheit, schnallte es sich auf den Rucksack und schleppte es hoch. So war immer Holz zum Kochen auf der Hütte.

Es gab auch ein Plumpsklo, das ich aber jetzt nicht näher beschreiben will. Heute frage ich mich: Wer hat eigentlich das Plumpsklo ausgeleert? Das ist an mir vorbeigegangen, aber es musste ja auch gemacht werden. Jedenfalls konnte man es immer benutzen, alte Zeitungen hingen als Klopapier da, und sauber war es, na ja, wie so ein Plumpsklo halt sein kann.

Als Lampe hatten wir eine Petroleumlampe oder Kerzen, mit denen man wegen der kompletten Holzkonstruktion und allseitiger Brandgefahr überaus sorgsam umgehen musste. Erst viel später gab es ein Stromaggregat. Das Herzstück im Raum war der Herd, auf dem immer ein Kessel mit heißem Teewasser stand, da sorgte schon der Thomas dafür. Wir haben sehr auf „unsere Hütte" geachtet, die Tische geputzt, immer sauber abgewaschen und aufgeräumt. Vor allem durften wir wegen der Ungeziefergefahr keine losen Essensreste o. ä. zurücklassen, und unseren gesamten Müll haben wir wieder mit ins Tal genommen. Wenn wir die letzten waren, die gegangen sind, haben wir die Hütte sauber ausgekehrt und alle Fensterläden sorgfältig geschlossen.

„Spitzenköche unter sich"

Wenn wir auf die Hütte kamen, packte jeder seine mitgebrachten Beiträge zum Essen aus und legte sie auf den Tisch. Meistens lagen auf dem Tisch ausgebreitet verschiedene Brote, Käse, Margarine, Rettiche, Radieschen, Geräuchertes, eine Salami, gekochte Eier etc. Wir machten daraus ein richtiges „Pflaumei-Buffet".

Der Franzi stammte aus einem Bauernhof und schnappte sich manchmal aus der Kühltruhe ein Huhn. Am nächsten Morgen war es aufgetaut, wir legten es in einen großen Suppentopf, einen Brühwürfel dazu, Deckel drauf und wir gingen zum Klettern. Salz, Pfeffer, Zucker, also Küchengrundbedarf war in der Hütte fast immer vorhanden. Der Thomas blieb meistens in der Hütte und schürte fleißig das Feuer. Wenn wir dann am Nachmittag von unserer Klettertour zurückkamen, rochen wir schon von weitem den Duft einer köstlichen Hühnersuppe. Man konnte meinen, das ganze Griesner Kar duftete danach und je näher wir der Hütte kamen und je intensiver es bei günstigem Wind duftete, umso größer und schneller wurden unsere Schritte. Unser Thomas stand am Herd mit glühenden Wangen, erwartete uns schon mit seiner kräftigen Hühnersuppe mit Fleisch und Nudeln und war stolz auf seine Kochkunst, die wir auch immer begeistert lobten. Und wir waren überzeugt, es war die beste Hühnersuppe, die wir jemals gegessen haben.

Einmal hatte der Franzi auf seinem Bauernhof so im Hinausgehen in die Räucherkammer gefasst und eine ganze Kette Regensburger Würste mitgebracht. Er hatte auch manchmal 10 oder mehr rohe Eier dabei. Daraus machten wir dann Rührei oder eine köstliche Suppe mit Eiereinlauf. Der Paul hat seinen Rucksack immer ganz vorsichtig ausgepackt. Seine Mutter hat für uns öfter Rohrnudeln gebacken, mit einer süßen, roten Marmeladenfüllung. Auf diese Rohrnudeln haben wir uns schon unten auf der Griesner Alm gefreut und uns lief das Wasser im Mund zusammen, wenn wir davon sprachen. Aber wenn wir den Paul fragten, ob ihm seine Mutter heute auch Rohrnudeln mitgegeben hat, schwieg er verheißungsvoll und ließ uns im Unklaren, um dann auf der Hütte das Auspacken der süßen Nachspeise zu zelebrieren.

18

An einem Samstag warteten wir unten auf der Griesner Alm auf den Paul, der dann auch etwas verspätet mit seinem Motorrad ankam. Aus seinem Rucksack schauten behaarte Tierhaxen, und wir waren neugierig, was er dabeihatte. Er packte einen toten Hasen aus. „Der ist mir in Seegatterl ins Motorrad gelaufen". Die Jungs schnappten sich den Hasen, gingen zum nahen Kaiserbach, häuteten und zerlegten das Vieh. Der Franzi, auf dem Bauernhof aufgewachsen, war da „sachkundig". Die Eingeweide übergaben wir den Kaiserbachforellen, und das Fell vergruben wir unter einer Wurzel. So gewaschen, sauber und nicht mehr blutig, sah der Braten richtig appetitlich aus. Der Thomas staunte nicht schlecht, als wir ihm unser „Mitbringsel" zeigten. Er nahm den Hasen, ging hinter die Hütte zum Hackstock und mit der Hacke machte er kleinere Teile daraus, die wir dann mit dem mitgebrachten Speck (oder war's Salami) in einem großen Topf anbrieten. Es wurde ein Festessen! Wir saßen bei Kerzenschein in der gemütlichen, warmen Hütte um den großen Tisch und jeder nagte an den Knochen herum und ließ es sich schmecken. Wir waren glücklich und zufrieden.

Ein besonderes Schmankerl war unser Nudelsalat. Die Zutaten, Nudeln (es mussten unbedingt gedrehte Nudeln sein), Essiggurken, eine Dose Erbsen und Karotten, Mayonnaise und Zwiebeln und eine Lyoner Wurst schleppten wir hoch. Dann wurde gemeinsam gekocht. Das Zwiebelschneiden war ein „besonderer Genuss", vor dem sich jeder drückte wegen der Tränen. Ich habe noch ein Bild im Gedächtnis, wo der Paul Zwiebeln schneidet und eine Schibrille aufgesetzt hat, was natürlich wieder für Gelächter sorgte. So eine Riesenschüssel Nudelsalat haben wir öfter zubereitet, er hat uns immer köstlich geschmeckt und er wurde weggeputzt bis zur letzten Nudel.

Und noch eine Geschichte vom Nudelsalat gibt's auf Seite 75.

Der „Langschuster"

Unser Thomas war von Beruf Schuster und hatte in Kössen eine Schusterwerkstatt. Wenn man seine Werkstatt betrat, stand man vor einem großen Berg Schuhe, der auf dem Boden lag. Da sah man derbe Bauernstiefel, Bergstiefel, Sandalen, braune oder schwarze Schuhe, alle lagen sie in einem riesigen Haufen durcheinander, manche schon ganz eingestaubt. Für uns war es unerklärlich, wie er da die zwei Zusammengehörigen finden konnte.

Er war damals Vorsitzender des Österreichischen Alpenvereins der Sektion Kössen. Wenn ein neues Mitglied einen Ausweis brauchte, musste man zu ihm gehen. Er kramte unter dem Haufen Schuhe die Schreibmaschine hervor, fand dabei zusätzlich einen schon lange vermissten schwarzen Damenstiefel, hielt ihn freudestrahlend hoch und rief: „Den suche ich schon lange!" Fast hätte er dabei den Ausweis vergessen. Die alte „Erika"-Schreibmaschine tauchte immer irgendwie auf, und er fand dann auch irgendwo dazu ein Farbband, das er schnarrend etwas zurückspulte, um Band zu sparen, wenn auch dabei die Buchstaben dann oft nur noch zart zu lesen waren. Er spannte umständlich das Papier ein, tippte dann mit dem Zeigefinger der rechten Hand langsam Taste für Taste, Buchstabe für Buchstabe, Wort für Wort ein. Für die Großbuchstaben kam dann umständlich auch der linke Zeigefinger zum Einsatz. Das Maschinenschreiben machte er nicht gerade mit Begeisterung, das war nicht sein Ding. Es dauerte schon eine geraume Zeit, bis das Dokument fertig war, und er mit einem kräftigen Ruck und sichtlicher Erleichterung das fertige Schriftstück aus der Maschine zog und den Sektionsstempel draufdrücken konnte. „Fertig"! Dann sprang er von seinem Dreibeinhocker freudig auf, schüttelte dem neuen Mitglied herzhaft die Hand. „Pass gut auf den Ausweis auf, den gibt's nur einmal. Willkommen!"

Der Thomas war 50 bis 60 Jahre alt, grauhaarig, dürr und sehr groß. Deshalb wurde er „Langschuster" genannt. Ich kenne ihn nur mit einem Schalk in den Augen und mit einem gutmütigen, verschmitzten Lächeln im Gesicht; eine schöne Erinnerung.

Bis zur Griesner Alm ist der Thomas immer die 17 km mit dem Fahrrad gefahren. Später, als unser Bergkamerad Wilfried einen alten VW Käfer hatte und wir ihn in seiner Schusterwerkstatt abholten, ließ er spontan den Schuh, an dem er gerade arbeitete und seinen Schusterhammer fallen, schnappte sich seinen Rucksack, verriegelte seine Werkstatt und stieg zu uns ins Auto. Die Schuhe konnten warten, das Wetter passte, und eine gemeinsame Tour lockte.

Ich war damals 14 Jahre, habe gerade die Lehre als Apothekenhelferin in Reit im Winkl begonnen, da nahm mich der Thomas mit zu meiner ersten Klettertour. Es war für mich etwas ganz Besonderes!
Das Sicherungsseil war damals ein simples Hanfseil, gesichert waren wir nur mit einem Brustknoten.
Natürlich hatten wir keinen Helm.

Wir stiegen zuerst zum Kleinen Törl, dann auf die Regalpspitze und weiter über die Regalptürme. Es war ein Oktoberwochenende, regnerisch und kühl, der Fels war kalt und meine Finger wurden klamm. Mit dem Hanfseil zeigte uns der Thomas einen Seiltrick. Da das Seil fast gefroren war, konnte er es magisch wie ein Schlangenbeschwörer senkrecht in die Höhe schieben, bis es schließlich nach einer gewissen Höhe doch umkippte, nachdem er schnell vorher mit seiner „Wunderpuste" das magische Seil umgeblasen hatte. Wir wollten es natürlich auch probieren und balancierten und bliesen und vergaßen fast die frostige Temperatur, die diesen Trick erst möglich machte.

Mit dem Thomas am Seil, seiner ruhigen, überlegten Art, gab er mir Sicherheit und Selbstvertrauen. Es war eigentlich eine leichte Kletterei, aber es war bei mir der Anfang einer großen Leidenschaft, der Beginn von faszinierenden Bergtouren und tiefen Freundschaften von unschätzbarem Wert fürs ganze Leben.

Die Regalp- und die Törlturmüberquerung wurden dann, wenn das Wetter schlecht war, unsere „Standardwochenendtouren".

Bis auf die Mauckspitze und das Lärcheck stand ich auf jedem Gipfel im Wilden Kaiser, sogar öfter auf dem Totenkirchl.

Ein Auszug aus der Festschrift der OeAV Sektion Kössen Reit im Winkl 2021:

Am 11.12.1980 verstarb Thomas Haunholter vulgo „Langschuster" 81-jährig. Thomas war ein Mann der „ersten Stunde", Gründungsvater der Sektion Kössen und langjähriger Hüttenwart der in und nach den Kriegsjahren verwaisten Fritz-Pflaum-Hütte der Sektion Bayerland.

In einem Nachruf in der Sektionszeitschrift
Bayerland beschreiben sie Thomas Haunholter
wie er war:

„Eines Originales ist zu gedenken, Thomas Haunholter, der in der Zeit der gesperrten Grenzen
unsere Pflaumhütte im Kaiser betreute. Zwischen Kössen und St. Johann kannte man ihn als
„Langen Schuster". Im Kaiser hatte er eine kleine
Erstbesteigung gemacht: Das „Kapuzel", den Ka-
puzenturm am Kopftörlgrat. Was uns Bayerländer betrifft, haben wir ihm dankbar zu sein, was
er im Auftrag des OeAV für die verwaiste, von
Einbrechern heimgesuchte Pflaumhütte getan
hat. Manchmal schrieb er über die Installation
des „elegdrischen Lüchts" und eines „Benzin-

Agregats". Er schrieb mit der Schreibmaschine wahre Filser-Briefe in Tiroler Orthographie, tippte zwei Seiten fortlaufend ohne Punkt und unterschrieb als „Hüttenbesitzer". Die Hütte nannte er liebevoll „Pflaumei". Man sollte ihn nicht so schnell vergessen, unseren urwüchsigen Langschuster aus Kössen (Der Bayerländer, 70 Heft S 51 München 1982).

Unsere Wochenenden

Vor der Fritz-Pflaum-Hütte, auch bei schlechtem Wetter

Wir stiegen am Samstag am späten Nachmittag zur Hütte auf, am Sonntag kletterten wir unsere Routen und fuhren am Sonntagabend noch nach Hause, weil wir am Montag wieder pünktlich am Arbeitsplatz sein mussten. Wir haben am Sonntag schon wieder besprochen, was wir am nächsten Wochenende unternehmen könnten. Telefonieren war damals noch fast unmöglich. Man bekam nur über das Postamt eine Leitung zugeteilt, konnte dann in einer Kabine telefonieren. Aber uns fehlte auch das Geld für solche Telefonate. Und so haben wir uns auch bei schlechtem Wetter getroffen und sind losgezogen, ausgemacht war ausgemacht! Und so zum Zeitvertreib sind wir mal schnell auf den Mitterkaiser geklettert. Der Einstieg lag gleich hinter der Hütte, die Route war nicht schwer und konnte für uns auch ohne Seil bewältigt werden, auch bei Regen.

Mitter-
kaiser
Gipfelbuch

Bergkameraden - Seilgefährten

Was waren die Merkmale unserer damaligen Berg-Kameradschaft? Vorrangig orientierten wir uns an unseren gemeinsamen Interessen und Leidenschaften für die Berge, fürs Klettern, fürs Schifahren, also die Freude an der gemeinsamen Sache.

Bergsteigen hat etwas mit Freiheit zu tun. Beim Aufsteigen einen persönlichen Rhythmus finden, ruhig werden, abschalten vom Alltag trotz aller Mühen eines oftmals stundenlangen Anstiegs. Ein Gipfel oder eine Wand wurden uns niemals geschenkt! Man musste sie sich eigentlich schon immer erkämpfen. Dann aber das befreiende Gefühl, der Stolz und das Glück, auf dem Gipfel zu stehen, hinüber zu den anderen Gipfeln, in die Täler zu schauen und einen grandiosen Blick in die Ferne, in eine andere Welt zu werfen, das ließ uns damals den für viele nicht leichten Alltag völlig vergessen.

Und was mich im Nachhinein noch stark bewegt und lebenslang beeindruckte, war und ist bis heute das große gegenseitige Vertrauen und die Wertschätzung, die unsere Freundschaft auszeichnete. Wertschätzung und Verlässlichkeit bedeuten auch, dass wir die vereinbarten Treffpunkte pünktlich eingehalten haben, damit die anderen nicht unnötig warten mussten.

Wilfried, Bärbel und Franz auf dem Fuscherkar-Kopf

Wir wussten, dass man sich im richtigen Moment voll und ganz auf den Kameraden verlassen konnte, also Verlässlichkeit in brenzligen Situationen war nicht nur Ehrensache, sondern letztlich unter Umständen lebens- und überlebenswichtig. Wenn ich bei Kletter- oder Eistouren mit dem Franz, Paul, Wilfried oder Wolf-Dieter am Seil ging, hatte ich volles Vertrauen, dass mein Seilkamerad mich hält, das galt natürlich auch umgekehrt.

Wir machten uns gegenseitig Mut, gaben uns im wörtlichen und übertragenen Sinn Halt, und wenn's sein musste, auch Trost, so z. B. bei einer Bergtour im September bei der Olperer-Überschreitung im Zillertal.

Nachdem wir schon etliche Stunden Aufstieg hinter uns hatten, begann es plötzlich zu stürmen und zu schneien. Was machen wir? Abwarten oder umdrehen? Wir brachen die Tour in gemeinsamer Entscheidung ab, in die wir schon viel Mühe und Kraft investiert hatten. Da tut gegenseitiger Trost gut! Aber die Entscheidung war richtig, wie man von vielen Negativbeispielen weiß, wo Ehrgeiz, blindes Durchhalten, Erfolg haben wollen leider ihren Zoll bis heute gefordert haben und noch fordern. Wir hoffen, es gibt irgendwann einen zweiten Versuch unter besseren Bedingungen.

Wilfried
auf dem
Kaindlgrat,
Wiesbach-
horn

Und dann war da noch das Hochgefühl, wenn wir auf einem Gipfel standen und uns die Hände reichten: „Berg Heil". Mehr brauchte es nicht. Wir verstanden uns auch ohne viele Worte.

Und bei guter Fernsicht staunten wir jedes Mal wieder über die majestätische Schönheit der Berge, waren überwältigt von der Größe, der Weite und der Unendlichkeit und fühlten uns als kleines Teilchen, das Anteil haben darf an dieser großartigen, einmaligen und wunderbaren Welt. Wir waren losgelöst von unseren Alltagsproblemen, die uns von Montag bis Freitag drückten.

 Es war aber auch ein Glücksgefühl, durch ein Latschenfeld zu gehen und den würzigen, harzigen Duft zu atmen, oder nach einer Bergtour zufrieden und müde in einer Blumenwiese zu liegen und den Wolken nachzuschauen oder an einem heißen Sommertag verschwitzt in einen kühlen Bergsee zu springen.

Ich bin wirklich dankbar für all die Möglichkeiten, die Herausforderungen und die Erlebnisse, aus der damaligen Zeit, die mich bis ins Heute tragen.

Seilgefährten

Willy

Pauli
am Großen Möseler
Firndreieck

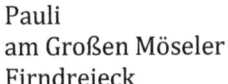

Lois mit Bärbel
Blaueisumrahmung

Bärbel, Hanna
und Adolf
Totenkirchl

Klaus
Salbitschijen Ostgrat

Alois
Totenkirchl

Wolf-Dieter

Paul
Hörndlwand

37

Hermann
beim Einstieg
in die
Predigtstuhl
Westwand

Und auch das machte unsere Kameradschaft aus: Das Teilen von Erlebnissen, ob positiv oder negativ. Gemeinsame Niederlagen mit Kameraden werden kleiner und nichtssagender, die Freude und die positiven Erlebnisse, auch die gemeinsamen guten Erinnerungen, werden größer und multiplizieren sich in einer verschworenen Gemeinschaft.

Hier muss ich noch etwas zu meiner Situation als junges Mädchen sagen: Keiner meiner Kameraden ist mir jemals zu nahegetreten, ganz im Gegenteil, hätte ein anderer Bergsteiger auf irgendeiner Hütte oder in einer Situation es gewagt, mich „anzubaggern", so bin ich überzeugt, sie hätten mich alle verteidigt. Ich konnte mich auf jeden meiner Kameraden voll und ganz verlassen, in jeder Hinsicht. Das war einfach großartig!

Auszug aus Bärbels Tourenbuch

Mutterbergalm Stubaital 1961

Heute, nach 70 Jahren, sage ich ein DANKE an alle meine damaligen Bergkameraden für die schöne, gemeinsame Zeit.

Einige sind gestorben, einige haben ihre Bergleidenschaft auch mit dem Leben bezahlt. Übrig sind noch der Wilfried und der Herbert und zum Glück noch zehn Teilnehmerinnen aus meiner damaligen Jungmädchenguppe im OeAV, Sektion Kössen/Reit im Winkl. Und diese, damals jungen Mädchen, erzählen weitere Geschichten von einst ab Seite 89.

Eine Seite aus Bärbels Tourenbuch

Zum Totensonntag. 19. Nov. 1961

Sinnlos ist nichts...
Auch deinen Tod
werden wir einmal begreifen.
Später vielleicht,
in der Stille der Berge,
wenn der Schmerz endlich
                    nachläßt.

Vogelruf, Raunen des Windes
und der murmelnde Bach
werden dann wie ein Gruß sein,
wie ein Lächeln von dir
aus fernsten Fernen des
                    Lichts,
wenn wir auch jetzt noch
                    verzweifeln,
sinnlos ist nichts....
                    J. M.

Meinen toten Bergkameraden
                    gewidmet:

Hubert Sedl, Fleischbank
Manfred Weber, Laliderer
Bernhard Hecht, Watzmann Ostwand
Lois Rieshofer, Predigtstuhl

Schifahren im Griesner Kar

Wenn wir vom Schifahren im Winter noch nicht genug hatten, war das Griesner Kar eine schöne Frühjahrstour. Bevor wir den alten, grauen VW vom Wilfried als Transportmittel hatten, mussten wir mit dem Fahrrad ohne Gangschaltung bis zur Griesner Alm radeln. Die Schier waren längs ans Fahrrad gebunden, die Stöcke links und rechts an den Rucksack. Von Reit im Winkl bis zur Griesner Alm waren es immerhin 21 Kilometer, erst am Flusslauf der Lofer hinunter nach Kössen, wieder den Berg hinauf bis Schwendt, wieder hinunter ins Kaiserbachtal und dann den langen Weg immer bergauf bis zur Griesner Alm, ohne E-Bike!

Und dann mussten wir die Schi zweieinhalb Stunden bis ins Griesner Kar tragen, auf der letzten steilen Etappe bis zum Kleinen Törl zogen wir noch die Steigfelle auf die Schi. Aber irgendwann war man dann oben.

Auszug aus Bärbels Tourenbuch

Hatte man einen schönen Firn, war die Abfahrt durch das Kar dann ein Hochgenuss, und wir stiegen den steilen Hang wieder bis unterhalb des Kleinen Törl hinauf. Auf die Lawinen, die sich immer wieder von den Regalp- und den Törltürmen lösten, mussten wir natürlich besonders aufpassen. Zum Glück hat uns nie eine erwischt.

All die Spitzen und Wände des Wilden Kaiser waren aus unserer Sicht leicht erreichbar. Entweder fuhren wir mit dem Fahrrad oder wir versuchten per Anhalter mitgenommen zu werden.

Es gab damals noch nicht viele Autos. Trampen kam erst langsam auf, aber wir hatten mit Geduld gute Chancen, an unser Ziel zu kommen. Dabei warteten wir am Ziel immer, bis alle wieder beisammen waren. Ein Postbus fuhr zwar täglich einmal zwischen Reit im Winkl und St. Johann. Aber leider ließen sich die Fahrzeiten mit unseren Arbeitszeiten selten vereinbaren. Und wenn wir von unserer Tour zurückkamen, gab es manchmal überhaupt keine Möglichkeit mehr, mit öffentlichen Verkehrsmitteln weiterzukommen. Wenn wir z. B. um fünf Uhr am Spätnachmittag in Griesenau standen und wir mussten heim nach Reit im Winkl oder Ruhpolding, blieb nur das geduldige Warten auf eine Mitfahrgelegenheit, heute heißt das „Lift".

Die gebrauchten Motoräder vom Franz (NSU Max) und vom Paul (BMW), die sie sich mühsam erspart hatten, waren da schon eine Errungenschaft. Mit diesen fahrbaren Untersätzen erweiterten wir unseren Kletterradius deutlich, z. B. zum Berchtesgadener Untersberg, zur Göll Westwand oder zum Blaueisgletscher.

Der Wilfried bekam von seinen Eltern sogar einen gebrauchten VW geschenkt. Einen alten, mausgrauen „Käfer", bei dem es noch keinen Blinker, sondern noch einen Winker gab, der aus einer Nische im Mittelholm hinter der Tür in der Nähe der Regenrinne herausklappte und innen ein Licht hatte. Dieser Winker sprang zwar heraus, aber nicht mehr zurück. So mussten wir jedes Mal anhalten, aus dem Auto springen und den Winker von Hand zurückschieben.

Erst mit diesem fahrbaren Untersatz wurde unser bergsteigerischer Spielraum größer.

Wir nahmen uns Touren in den Dolomiten und im Karwendel vor, aber auch große kombinierte Kletter-Gletschertouren im Ötz- und Stubaital. Später, als wir etwas mehr Geld hatten, kamen dann die großen Touren in der Schweiz dazu. Hier muss ich noch anfügen, dass der Franz und der Lois damals schon anspruchsvolle Kletter-

wände bezwungen haben, wie die Eiger-Nord-
wand, an der Große Zinne die Comici-Route, die
Grandes Jorasses Nordwand. Außerdem waren
die beiden damals schon im Hindukusch, was für
uns alle ein Traum war und für viele auch blieb.

Am Hornkees, Zillertal

Einmal nahm uns ein Münchner Bergkamerad in seiner Isetta mit. Wir waren aber zu viert, geht das? Wir quetschten uns also zu viert in die Isetta plus Fahrer, also 5 Personen. Da es gerade geregnet hat, schoben wir kurzerhand das Schiebedach zurück und spannten darüber zwei Regenschirme auf und los ging die Fahrt.

5 Personen
in einer Isetta

Bärbel
auf dem Wiesbachhorn

JUGEND IM ALPENVEREIN

HEFT 5 · 13. JAHRGANG · SEPTEMBER/OKTOBER 1962

Gesang wirkt manchmal Wunder!

Am Samstag, 7. Juli 1962, fuhren wir 14 Mädchen aus der Jungmädelgruppe des OeAV am Nachmittag mit einem Kleinbus von Reit im Winkl nach Maurach am Achensee und dann mit der letzten Gondel zur Rofan-Bergstation. Wir hatten uns auf der Erfurter Hütte angemeldet. Die schöne gemütliche Hütte gehört der Sektion Ettlingen im Deutschen Alpenverein.

Zu unserer großen Überraschung wies uns der Hüttenwirt trotzdem ab: „Ich habe keinen Platz mehr für euch 14 Mädels. An diesem Wochenende ist zusätzlich die Sektionstagung hier auf der Hütte". Bärbel hatte ihm aber geschrieben, dass wir am Samstag, dem 1. Juli, kommen und bei schlechtem Wetter eine Woche später. Da am ersten Datum wirklich schlechtes Wetter war, fuhren wir also am 7. Juli los im Vertrauen, dass alles klappt. Damals konnte man nicht einfach telefonieren, es ging nur vom Postamt per Handvermittlung, oft hatten die Hütten kein Telefon, und wenn ja, dann war Österreich Ausland, und da musste man sich schon überlegen, ob man sich ein Telefongespräch leisten konnte. Also verlief die Kommunikation per Brief, und die Post war damals eigentlich immer zuverlässig.

Der Hüttenwirt meinte dann: „Versucht's im Gasthaus dort an der Bergstation beim Lift." Also, auf zum Alpengasthof Rofan! Aber auch dieser Wirt wollte uns nicht aufnehmen. Er begründete es damit, dass im Gastraum auch die Bar mit offenen Flaschen mit Alkohol stehe; deshalb dürfe er da keine Jugendlichen übernachten lassen.

Das hörten vier Burschen, die in der Gaststube saßen. Sie boten an, sie hätten in der Nähe eine Almhütte und 4 Mädchen könnten dort übernachten. Wir lachten, weil wir merkten, wie der Hase laufen sollte und waren uns gleich einig: Entweder alle oder keine...also keine.

49

Da es eine milde Sommernacht war, marschierten wir gemeinsam weiter auf gut Glück und im Vertrauen darauf, dass unserer Bärbel schon etwas einfallen und sie einen geeigneten Platz in der freien Natur zum Übernachten finden wird.

Zuerst ging es durch ein breites Latschenfeld, und dann entdeckten wir eine tiefe, grasbewachsene, geschützte Mulde. Dort ließen wir uns gemütlich nieder. „Hier könnten wir eigentlich bleiben und übernachten", meinten bald einige aus der Gruppe und alle schlossen sich dieser Meinung an.

Eine Woche vorher war Sonnenwende gewesen. Da das Wetter aber so schlecht war, wurde das Abbrennen der Feuer um eine Woche verschoben. So flackerten heute bei einbrechender Dunkelheit auf allen Gipfeln ringsum so nach und nach die Sonnwendfeuer, die wir von unserem windgeschützten Platz gut sehen und uns daran freuen konnten.

Bald fingen wir wieder zu singen an und keine fragte mehr, wie wir heute die Nacht verbringen werden. Wir genossen nur die schöne Stimmung, die laue Nacht, die Johannisfeuer und die Sicherheit der Gruppe.

Von der Anhöhe gegenüber hatten uns mehrere Menschen beim Singen zugehört und sie klatschten spontan Beifall. Da kam ein für uns „junges Gemüse" älterer Herr zu uns herüber. Er stellte sich vor als Präsident vom Deutschen Alpenverein. Auch er war ganz begeistert von unserer Gruppe, dem Zusammenhalt und dem Gesang.

Als er von Bärbel erfuhr, dass wir in der Hütte kein Quartier bekommen haben, versprach er uns: „Ich werde mit dem Wirt vom Alpengasthof sprechen, denn ich vertraue unserer Alpenvereinsjugend und eurem netten Haufen und ich bürge persönlich für euch, dass es im Gasthof klappt". Das war ein tolles Lob und eine erfreuliche Zusage!

Juchhe, jetzt marschierten wir mit ihm zum Gasthof, und er erzählte dem Wirt nochmals die Story über uns. Der Wirt ließ sich überzeugen; er brachte uns sogar Liegestühle und Decken in den Gastraum.

Wir waren glücklich und schliefen bald dankbar ein. Die im Regal stehenden Spirituosen interessierten niemand von uns...

Schon um 5 Uhr früh weckte uns Bärbel. Gemeinsam schüttelten wir draußen den Staub aus allen Decken, und dann wurden noch die Liegestühle aufgeräumt. Eine von uns entdeckte das Putz-kammerl, und so machten wir gleich noch die Gaststube sauber.

Als der Wirt hereinkam, fehlten ihm die Worte; sowas hatte er noch nicht erlebt. Er bereitete uns gleich noch ein kostenloses bombiges Frühstück. Das war toll, und wir alle bedankten uns bei ihm herzlich. Bezahlung wollt er keine, er sagte: „Madln kommts wieda, ihr seid jederzeit herzlich willkommen."

Ausgeruht und gestärkt starteten wir voll Freude zum Hochiss. (2299 m). Dieser markante Berg ist der höchste Gipfel im Rofan und gehört

zu den formschönsten Erhebungen. Er ist relativ einfach zu besteigen, sodass wir ihn gemeinsam gut bewältigten.

Jungmädelgruppe des OeAV 1960

Für die Heimfahrt später waren wir wieder auf das Trampen angewiesen, denn es gab nur wenige und nicht immer zuverlässige Busverbindungen. So hatten wir öfters Probleme, gemeinsam irgendwohin und auch wieder zurück zu kommen, denn unsere Gruppe bestand in der Regel immerhin aus 10 – 15 Mädchen. Aber trotz relativ wenig Autos auf den Straßen, klappten unsere Hin- und Rückfahrten per Autostopp eigentlich immer ganz gut. Und die heutigen Gefahren und Risiken gab es anscheinend nicht, zumindest haben wir nie von Problemen beim Autostopp gehört. Sicher war es auch gut, dass wir Mädels immer als verschworene Gruppe auftraten.

Es war also ganz normal, unsere Touren per Anhalter zu planen, und auch bei dieser Tour war von Anfang an ausgemacht, dass wir auf der Heimfahrt trampen und dass wir uns in Kössen vor dem Unterwirt wieder treffen und warten wollten, bis alle beisammen waren.

Der Leichenwagen

Nach dieser schönen Bergtour auf den Hochiss brachte uns die Rofan-Kabinenbahn wieder hinunter nach Maurach. Einen Omnibus für die Heimfahrt gab es nicht, also versuchten wir unser Glück wieder mit Autostopp.

Es dauerte gar nicht lange, da fuhr eine große schwarze Limousine langsam an uns vorbei und hielt an. Im Fahrerraum saßen zwei junge Burschen. Sie fragten uns, wo wir hinwollen. Wir erwiderten: „Nach Kössen". „Ja, ihr könnt gerne mitfahren. aber wir müssen erst noch etwas für euch umbauen".

Okay. Wir freuten uns, so schnell einen Lift gefunden zu haben. Die Jungs stiegen aus und öffneten die beiden hinteren Türen des Wagens. Als wir in den Laderaum blickten, erschraken wir gewaltig. Mitten im Laderaum stand ein Sarg aus hellem Holz. Das war ja ein Leichenwagen! Etwas irritiert blickten wir uns gegenseitig an. Die beiden Burschen sahen unsere erschrockenen Gesichter und meinten: „Der ist leer".

Sie packten kurzerhand den Sarg, hoben das Oberteil ab, drehten es um, schoben es auf eine Längsseite im Laderaum und fertig war eine Sitzbank. Dasselbe machten sie mit dem Unterteil.

Sie drehten die Unterseite nach oben, und so entstand eine zweite Sitzbank auf der gegenüberliegenden Seite. „So Mädels, jetzt habt ihr alle Platz. Bitte einsteigen". 14 Mädchen und keine Leich!!

Wir kletterten also in diesen umfunktionierten Leichenwagen, die Sitzgelegenheiten waren ganz passabel, aber es war uns schon etwas mulmig zumute. Und in jeder prekären Situation beruhigt Singen das Gemüt. So haben wir angefangen, unser ganzes Repertoire an Wander- und Bergliedern lautstark zu singen. Grotesk! Und bald vergaßen wir, dass wir auf einem umgedrehten Sargdeckel sitzen und fanden es sogar lustig und originell.

Die zwei Burschen hatten so eine lustige Fahrt mit ihrem Leichenwagen auch noch nicht erlebt, sie amüsierten sich köstlich und lachten tüchtig. Kurz vor Kössen hielten sie an und erklärten uns: „Mädels, jetzt müsst ihr raus. Mit dieser fröhlichen Schar und so viel Gesang können wir nicht zur Leich fahren". Wir stiegen also aus, und sie bauten schnell den Sarg wieder in den Urzustand zurück. „Pfiat euch!". „Vergelt's Gott!".

Es war nicht mehr weit bis Reit im Winkl, und von da aus hatten wir eine günstige Busverbindung nach Ruhpolding.

An diese Geschichte erinnerte sich bei unserem Treffen im Juni 2024 nach 65 Jahren immer noch jede aus dem inzwischen leider biologisch recht dezimierten Restbestand unserer Gruppe mit Freude und Lachtränen in den Augen.

Die Hörndlwand

Und wenn wir mal gar nicht wussten, wohin oder es zeitlich nicht passte, trafen wir uns in Seehaus an der Queralpenstraße und gingen auf die Hörndlwand.

Da gab es viele Kletterrouten mit verschiedenen Schwierigkeitsgraden. Da waren die Normalroute die „Schmidkunz", oder z. B. die „Ostkante", oder der schwierigere „Merklriss", und die „Gelbe Wand" war noch anspruchsvoller. Doch das waren relativ kurze Routen in gutem, griffigem Gestein, und sie waren ohne langen Anstieg zu erreichen.

Beim Zusammentragen der Geschichten für dieses Buch schickte mir die Maria eine Karte von der Hörndlwand mit folgendem Text:

Die Thorau Alm

Und dann gab es noch die Wochenenden auf der Thorau Alm.
Die Thorau ist ein Almgebiet auf der Nordseite des Hochfelln im Chiemgau.

Von Ruhpolding geht's vorbei an der Glockenschmiede ständig bergauf, bis die Hochalm der Thorau erreicht ist. Dort stehen acht Almhütten, verteilt über das sanft ansteigende Tal. Eine davon hatte der Vater vom Wilfried gepachtet und eine andere gehörte dem Herbert.

Auf den Almwiesen blühte eine außergewöhnliche Vielfalt an Pflanzen: im Frühjahr, wenn der letzte Schnee weggetaut war, blühten der kurzstielige blaue Enzian, Schusternagerl, Soldanellen, Mehlprimeln, gelbe Aurikel, später der Frauenschuh, im Herbst der Schwalbenschwanz- und der gelbe Enzian, Knabenkraut und viele, viele duftende Bergkräuter. Auch konnte man einige „Mankei", wie das Murmeltier bei uns genannt wird, beobachten. Wenn es die Sippe vor einer Gefahr warnen will, konnten wir es pfeifen hören, davonsausen sehen und beobachten, wie es mit den anderen schnell in seinem Bau verschwand.

Unsere Hüttenabende auf der Thorau beschreibt die Christa in ihren Erzählungen Seite 106.

Meistens trafen wir uns auf der Hütte, die Wilfrieds Eltern gehörte. Der Rogler Seppi spielte dort dann auf der Zither, und manchmal waren auch Bläser dabei. So bliesen z. B. die „Ragnet-Buben" vom Dach der verschiedenen Almhütten, und die Melodien klangen über die ganze Thorau und man konnte dem Echo lauschen. Das war einfach wunderbar!

Am längsten Tag und der kürzesten Nacht Mitte Juni wurden auf den Gipfeln rund um die Thorau, auf dem Hochfelln, auf dem Thoraukopf, der Platte und dem Strohnkopf bei hereinbrechender Dunkelheit die Sonnwendfeuer entzündet. Diese alte Tradition wird seit Jahrhunderten gepflegt und in fröhlicher Runde gefeiert. Dieser mittelalterliche Brauch, der mit der Symbolik des Feuers, des Lichts und der Sonne verbunden ist, beeindruckte uns schon immer sehr. Auf jedem Gipfel konnten wir in der Dunkelheit Feuer flackern sehen, erst klein, dann hoch auflodernd und dann langsam verglimmend. Und wenn das Feuer abgebrannt war, traf man sich in der Hütte, und die Nacht war noch lange nicht vorbei...

Ungewöhnliche Schiabfahrt

An einem Wochenende im späten Frühjahr wollten wir wieder mal an einem Samstag auf die Thorau-Alm, diesmal war mein Vater mit in unserer Gruppe. Am Freitag schneite und schneite und schneite es. Am Samstag früh lag gut 1 m Neuschnee.

Auf die Thorau gelangt man normalerweise über einen Forstweg, der auch im Winter offen gehalten wurde, weil die Bauern dort ihr im Sommer gemähtes Bergheu von den Almen ins Tal schaffen mussten. Damals bestand die einzige Möglichkeit, Holz und Heu von abgelegenen Hochtälern ins Tal zu transportieren mit einem Hörnerschlitten. So ein beladener Schlitten wog manchmal eine Tonne, wurde von einer Person gefahren, die vorne zwischen den Hörnern der Kufen saß und mit den Füßen steuert. Als seitliche Bremsen dienten links und rechts zwei „Tatzen", Hebel, die man in den Schnee oder in die vereiste Fahrbahn drücken konnte. Heute dienen Hörnerschlitten eigentlich nur noch als Faschingsgaudi und für nicht ungefährliche Hörnerschlittenrennen; aber auch damals war jeder dieser Schlittentransporte gefährlich und forderte manche Opfer.

Dieser Forstweg war also tief verschneit, nicht geräumt und bei mehr als 1 m Neuschnee zu Fuß nicht zu schaffen. Aber mit unseren Schiern und den Steigfellen war so ein Aufstieg für uns kein Problem. Das Problem hatten wir jedoch mit meinem Vater. Er war Berliner und obwohl er schon seit Jahren in Reit im Winkl lebte, hat er noch nie das Schifahren probiert. Aber er wollte unbedingt mit. So nahmen wir vom Wilfried ein weiteres Paar Schi mit, dazu auch ein Paar seiner Schischuhe, weil ja die Bindung passen musste, die mit einer Feder über die Absätze gespannt wurde. Als mein Vater die Schuhe vom Wilfried probierte, waren sie ihm viel zu groß. Also mussten noch zwei Paar dicke Wollsocken her. Wilfried hatte Schuhgröße 48, weshalb wir ihn auch „Flurschaden" nannten.

So, jetzt aber noch die Felle auf die Schi gezogen, die aus Seehundfellen geschnitten waren, deren steife, nach hinten gerichtete Borsten das Gleiten noch ermöglichten, sich aber gegen das Zurückrutschen im Schnee sperrig aufstellten! Heute sind die „Felle" aus Kunststoff und zum Teil sogar in Tourenschi eingearbeitet. Los ging der Aufstieg zur Thorau. Im meterhohen, lockeren Neuschnee war das Spuren anstrengend, und wir mussten uns abwechseln. Mein Vater stapfte tapfer in unserer Spur hinterher.

An der Hütte angekommen, mussten wir uns erst mal einen Gang zur Eingangstüre graben und die zugewehten Fenster säubern.

Drinnen schürten wir zuerst den Ofen, die nassen Kleidungsstücke hängten wir auf die Stange über dem Ofen, im Wasserkessel schmolz der Schnee, die Kerzen und Laternen brannten, und an den kalten Fensterscheiben kondensierte in kleinen Bächen zusätzlich zum Wasserdampf vom Ofen der Schweiß des anstrengenden Aufstiegs und die Feuchtigkeit der Kleidung. Wir saßen mit roten Wangen um den Jockeltisch herum und es wurde – wie immer – ein zünftiger Abend. Und auch mein Vater, für alle der Willy, fühlte sich in der Runde total wohl.

Normalerweise wäre für uns die Abfahrt mit den Schiern kein Problem gewesen, aber wie bringen wir unseren Vater ins Tal, der noch nie auf Schiern stand? Bei einem Abstieg zu Fuß wäre er in den hohen Schneemassen versunken.

Wir kamen auf eine grandiose Idee: Wir spannten dann die Steigfelle wieder auf die Schi und so probierte mein Vater die Abfahrt mit aufgezogenen Steigfellen. Es ruckelte und zuckelte, er musste mit den Stöcken sogar bergab nachschieben. Geradeaus ging es leidlich ganz gut, nur in den Kurven wollten die Schi auch geradeaus. Ich weiß nicht mehr, wie oft mein armer Vater im tiefen Neuschnee lag und wir ihn wieder „ausgraben" mussten. Die Abfahrt hat auf jeden Fall lange gedauert und war für meinen Vater sicher eine sehr kräftezehrende Strapaze - und für uns auch – weil wir so viel gelacht haben und er alles letztlich mit Geduld, Humor und einigen Wehwechen ertragen hat.

Das war für ihn der einzige Versuch, Schi zu fahren - und auch der letzte, auch wenn er in den Augen meiner Kameraden „ein harter Knochen" war.

aus Bärbels Tourenbuch

Eibenstockhütte

Diese kleine Hütte soll nur ganz kurz erwähnt werden, weil sie für uns günstig lag, wenn wir im Winter Schitouren unternommen haben. Sie liegt einsam, versteckt im Hochwald auf dem Weg von Reit im Winkl über die Schwarzloferalm und weiter bis zur Winklmoosalm.

Diese Selbstversorgerhütte des Alpenvereins (Sektion Oberland) war nur mit einem Schlüssel zugänglich, den man damals auf dem Forstamt holen und später wieder abgeben musste. Es kam vor, wenn wir in der Früh aus der Türe traten, dass vor der Hütte ein Hirsch oder eine Hirschkuh standen und uns verwundert anschauten. Die Eibenstockhütte war für uns im Winter bei Schitouren auf die Winkelmoosalm, aufs Dürrbachhorn und die Steinplatte ein guter

Anlaufpunkt. Es gab damals auch hier noch keinen Postbus auf die Winkelmoosalm. Und auch die Sessellifte aufs Dürrnbachhorn oder auf die Steinplatte wurden erst viel später gebaut.

All diese Touren musste man sich mit Steigfellen erkämpfen, um dann eine einzige herrliche Abfahrt in unberührtem Tiefschnee genießen zu können.

Damals kannte man auch noch keine Lawinenpiepser. Wir mussten jeden Geländeabschnitt genau anschauen, beobachten und entscheiden, welche Aufstiegsspur wir nehmen. Deshalb überquerten wir aus Sicherheitsgründen machen Hang einzeln, und manchmal war uns schon etwas mulmig zumute.

Und wir wussten auch, dass wir auf dem Gipfel des Dürrnbachhorn ganz besonders auf die „Wechten", eine stark verdichtete Schneeablagerung an Geländekanten, aufpassen mussten.

Oft wurden wir gefragt, warum wir uns das Tourengehen freiwillig antun? Einen langen, oft schwierigen Aufstieg auf sich zu nehmen für eine relativ kurze schnelle Abfahrt. Das wollten manche Außenstehende nicht recht einsehen, aber unsere Meinung dazu war immer: Das ist schon richtig, die Abfahrt ist ja der eigentliche Grund beim Tourengehen, der gewisse Kick. Egal, welche Schneeart, ob Firn, Pulverschnee, Neuschnee oder Bruchharsch, jede Schneeart hat ihren besonderen Reiz und verlangt andere Techniken des Steigens, Abfahrens, Drehens, Wendens und Haltens. Tiefschneefahren ist energetischer als Schifahren auf der Piste, verlangt mehr Technik und Körpereinsatz

Aber es ist nicht nur die Abfahrt; auch ein Aufstieg über unberührte Hänge, die erhabene Ruhe einer verschneiten Landschaft ist wie eine Meditation, ein Erfolgs- und Glücksgefühl auf dem Gipfel und letztlich bei gutem Wetter eine spektakuläre Fernsicht, das alles ergibt dann ein volles Bergerlebnis. Das sind unvergessliche Erlebnisse und Prägungen, die ein Leben lang in Erinnerung bleiben.

aus Bärbels Tourenbuch

Ausgetrickst!

Wer von Reit im Winkl in Richtung Südwesten schaut, sieht den Zahmen und den Wilden Kaiser und davor das markante Unterberghorn mit seinem fast 1800 m hohen Gipfel. Das Unterberghorn ist der Hausberg der Gemeinde Kössen in Tirol, ein Nachbarort der Gemeinde Reit im Winkl.

Wenn man in ein Meer von Almrausch tauchen wollte, musste man im Sommer hinauf zu den Almwiesen über die Scheibenwaldhütte zur Bärenhütte wandern. Im Winter ist die Nordseite immer schneesicher und erlaubt das Schifahren bis weit ins Frühjahr hinein. Für uns Tourengeher war dieser Berg, vor der Haustüre gelegen, ideal und schnell zu erreichen.

Und dann wurde auf der Nordseite ein Sessellift gebaut. Das war damals eine Sensation, denn Lifte waren rar. Bestenfalls gab es Schlepplifte mit Bügeln zum Festhalten, um sich bergauf ziehen zu lassen.

Und dieser neue Lift interessierte mich natürlich. Im zeitigen Frühjahr an einem arbeitsfreien Tag - im Tal wurde es schon aper - band ich wieder mal meine Schi ans Fahrrad, schnallte die Stöcke auf den Rucksack und startete Richtung Kössen. Meine Mutter gab mir Geld und trug mir auf, vor dem Heimfahren beim Metzger in Kössen Kotelett und Wurst zu kaufen, weil es in Österreich billiger war.

Der Weg von Reit im Winkl nach Kössen führt nach der Grenze in Serpentinen durch die Klamm der Lofer. Die Lofer – ein manchmal wilder Gebirgsfluss - entsteht aus der Schwarz- und Weißlofer, zwängt sich zwischen Reit im Winkl und Kössen durch ein enges, schluchtartiges Tal, in dem auch die Straße verläuft, und mündet dann in Kössen in die Tiroler Ache. Auf dieser engen Straße durch die Klamm geht es mit dem Fahrrad flott bergab – den Weg zurück musste man allerdings teilweise schieben. Damals hatte man noch keine Gangschaltung am Fahrrad.

In Kössen angekommen, löste ich an der Talstation eine Fahrkarte für 1 Fahrt mit dem Sessellift bis zur Bergstation. Es gab auch Tages- oder Mehrfahrtenkarten, die konnte ich mir jedoch damals nicht leisten; also: „Nur 1-mal eine Bergfahrt, bitte!"

Es war für mich ein fast erbauendes Gefühl, erstmals in einem bequemen Sessel den Berg hinaufzuschweben. Die Abfahrt kannte ich ja schon von etlichen Touren, die wir mit Steigfellen unternommen hatten. Sie war schön, wie immer, aber leider viel zu kurz!

Wieder unten angekommen, fuhr ich auftragsgemäß zum Metzger, kaufte 4 Kotelett, Debreziner, Wiener, Fleisch- und Leberwurst. Dieses große Paket verstaute ich in meinem Rucksack und machte mich auf den Heimweg in Richtung Reit im Winkl.

An der deutsch-österreichischen Grenze hielt mich der Grenzbeamte an und stellte die obligatorische Frage: „Haben Sie etwas zu verzollen?" Ich antwortete: „Nein". Ich dachte an irgendwelche wertvolle Schmugglerware, Zigaretten, Kaffee etc., die dort üblicherweise meist auf Schmugglerwegen „schwarz" über die Grenze gebracht wurden... „Kann ich bitte mal in Ihren Rucksack sehen?" Ich nahm ihn vom Rücken, öffnete die Verschnürung. Da entdeckte er das große Paket vom Metzger! „Ja, was ist denn das? Das dürfen Sie nicht einführen, das ist verboten!" Ich sah ihn hilflos und unschuldig an und auf meine Frage, was nun zu tun sei, antwortete er lapidar: „Wegwerfen oder aufessen; was im Bauch ist, dürfen Sie einführen!" Er ließ mich einfach stehen und schaute sich andere Autos an, kontrollierte Ausweise und Kofferrauminhalte. Dann rief er zu mir herüber: „Na, hast schon alles aufgegessen? Dann kannst weiterfahren!" Ich stand immer noch ratlos neben meinem Fahrrad und hatte plötzlich eine Idee.

Ich wartete, bis das nächste Auto kam und bis er seinen Kopf wieder in den Kofferraum steckte. Diesen Moment nützte ich aus, wendete mein Rad und sauste auf der österreichischen Seite drei oder vier Kurven der Straße zurück bis zur Loferklamm. Ich wusste, dass entlang der Lofer linksseitig ein holpriger Feld- oder Bauernweg als Schleichweg existierte und fand diesen ungepflegten, verwilderten Weg auch schnell. Mühsam radelte ich einige Kilometer bis zum Benzmüllerhof, der schon wieder in Deutschland lag. Ich schnaufte erleichtert durch und fühlte auch ein kleines bisschen Stolz, dass ich den Grenzer ausgetrickst hatte und meinen ganzen Einkauf nicht wegwerfen oder gar aufessen musste. Jetzt hatte ich wieder einen besseren Weg, fuhr vorbei an Blindau, einem Ortsteil von Reit im Winkl und wusste, dass die Lofer sich ein kleines Stück flussaufwärts verbreitert, und in diesem breiten Flussbett mit viel Kies konnte man den Fluss dann im seichteren Wasser gut durchwaten. Dieser Übergang lag gar nicht weit von unserem Haus entfernt, und meine Familie freute sich über das mitgebrachte Fleisch-und Wurstpaket und ich mich, dass ich den „Grenzer" so clever überlistet hatte.

Ein Geburtstag, der Spuren hinterließ oder „Spirelli-Rosen"

Beim Pauli zu Hause: In meiner Erinnerung stand seine Mutter immer in der großen, gemütlichen Wohnküche am Herd in einer blauen Kittelschürze, und wenn sie nicht gerade in einem Topf rührte oder Teig knetete, saß sie ruhig auf der Ofenbank neben dem Herd und schaute allen, die sich in der Wohnküche versammelt hatten – und das waren manchmal viele Freunde oder Freundinnen vom Paul oder von seiner Schwester Elisabeth - freundlich zu, ohne sich groß in das Geschehen oder die Gespräche einzumischen.

Manchmal hat sie uns aber doch ihr Heiligtum, den Herd, überlassen, wenn's was zum Feiern gab. Dann bereiteten wir gemeinsam wieder mal eine große Schüssel unseres begehrten und berühmten Nudelsalats zu, nach unserem individuellen Rezept und Geschmack. Es mussten ja immer gedrehte Nudeln sein, Spirelli, weil da die Mayonnaise so gut hängen blieb.

Diese Nudelsorte gab es damals nur in Südtirol, bei uns gab's mehr Hörnchen. Aber irgendjemand brachte immer diese Spirelli mit, die so aussahen, wie ihr Name sagt: spiralig gedreht wie ein Gewinde oder besser, wie eine kleine Feder, ungefähr 1 – 1 1/2 cm im Durchmesser und 4 – 5 cm lang. Und dieses Mal hatten wir wieder welche! Die Nudeln wurden also in einem stattlichen Topf in Salzwasser gekocht, abgeseiht und in eine große emaillierte Schüssel geschüttet. Natürlich mussten– wie immer – Zwiebeln dran sein. Nach tränenreicher „Zwiebelschneidprozedur" wurden alle weiteren Zutaten, Lyonerwurst, Erbsen und Karotten aus der Dose, viel Mayonnaise, kleingeschnittene Essiggurken und dazu das Gurkenwasser, damit der Salat schön saftig wurde, Essig, Salz und Pfeffer vermengt, immer wieder tüchtig abgeschmeckt, probiert und dann kaltgestellt. Und der Nudelsalat schmeckte jedes Mal etwas anders, aber immer super, je nachdem, welche Zutaten wir hatten oder wer bei der „Komposition" das Sagen hatte.

So war es auch beim Geburtstag vom Paul, den wir mit vielen Freunden feiern wollten. Ich weiß nicht mehr, wie viele Freunde da waren, aber die Wohnküche war proppenvoll. Irgendwann – spät in der Nacht, als wir genug vom Feiern hatten - hat sich jeder im Haus ein Plätzchen zum Schlafen gesucht, auf einem Sofa oder auf einer Luftmatratze. Manche, die im Ort wohnten, sind auch noch heimgegangen.

Und von denen muss jemand unseren tollen Nudelsalat nicht so recht vertragen haben. Auf jeden Fall hingen am nächsten Morgen vor dem Haus in der wohlgehüteten und gepflegten Hecke aus blühenden und duftenden Rosen überall unsere Spirelli-Nudeln als tolle Dekoration zwischen den Blüten.

Pauls Mutter wäre natürlich davon gar nicht begeistert gewesen.

Uns blieb also gar nichts anderes übrig, als schnell und gemeinsam alle Nudeln fein säuberlich einzeln von den Dornen zu klauben. Und das, was auf den Blättern und auf dem Boden von den Erbsen und Karotten noch übrig war, beseitigten wir mit dem Gartenschlauch. Gegraust hat's uns gewaltig und wir mussten schon kräftig schlucken. Aber mit vereinten Kräften und unter viel Gelächter haben wir das geschafft, ohne dass die Mutter vom Paul etwas mitbekommen hat. Vielleicht hat sie es aber doch bemerkt und unsere Klauberei sogar beobachtet. Nur gesagt hat sie nichts...

Die Praxis der Theorie

War's im Zillertal, Ötztal, Stubaital? So ganz genau weiß ich das heute nicht mehr und in meinem Tourenbuch habe ich die Situation trotz aller Dramatik nicht vermerkt, wohl weil ich mir selbst die Schuld gab, dass es passiert ist. Das Ereignis ist mir aber noch so gut in Erinnerung, dass ich davon erzählen will.

Es war beim Abstieg von einer Gletschertour. Wahrscheinlich waren der Wilfried, der Franz und der Paul mit dabei. Wir mussten ein steiles Gletscherfeld überqueren, das links der Laufrichtung schräg wie ein Dach gut 50 Meter abfiel. Der Firn war hartgefroren, und beim Laufen knirschten der Schnee und das Eis unter den Sohlen. Der Erste in unserem „Gänsemarsch" stieß dabei mit der Schuhsohle kleine Tritte in den Schnee, und einer ging vorsichtig hinter dem anderen und wählte jeden Schritt mit Bedacht aus, denn wir waren nicht angeseilt und wussten schon um die Gefahr bei jedem Schritt. Ich hatte meinen Eispickel mit der Schlaufe um die rechte Hand geschlungen und konnte mich so auf der Bergseite etwas abstützen.

Doch plötzlich rutsche ich trotz aller Vorsicht mit dem Talbein weg und kann mich nicht mehr halten; ich verliere das Gleichgewicht, falle nach vorne, finde keinen Halt mehr und lande flach auf dem Bauch. Der Sturz ist so überraschend und plötzlich, dass ich mit dem Denken und Reagieren gar nicht mitkomme.

Ich will mich irgendwo festhalten, aber finde auf dem glatten Eis keinerlei Halt und zudem beginne ich den Hang hinab zu rutschen. Ich kann auch nicht schreien, das ist mir wohl im Hals stecken geblieben.

Meine Kameraden haben das Ereignis zwar mitbekommen, aber sie können auch nicht helfen, denn sie sind genauso überrascht wie ich und haben selbst mit der Standfestigkeit zu kämpfen. Mein Rutsch wird durch den glatten Firn und das Gefälle immer schneller und schneller; mein Körper beginnt sich zu drehen wie ein Kreisel; mal gleite ich mit dem Kopf voraus, mal mit den Beinen, aber halten kann ich mich nicht. Aus den Augenwinkeln sehe ich große Felsblöcke und einen Abgrund am Ende des Gletscherhangs auf mich zukommen. Aber trotz der Angst, die mich jetzt überfällt, kann ich zum Glück plötzlich an meinen Eispickel in der Schlaufe an meiner rechten Hand denken.

Und jetzt macht sich mein bei einem Jugendführerlehrgang erworbenes Wissen bezahlt. Ich versuche, in Bauchlage den hölzernen Stiel meines Pickels mit beiden Händen zu fassen; es gelingt mir – wie gelernt und erprobt – und ich ramme die Breitseite der Klinge in den Firn. Dabei biete ich alle Kraft im Liegen auf, der Schnee spritzt nach allen Seiten und hinterlässt eine tiefe Furche. Das Gleiten wird langsamer und langsamer, und ich schaffe es wirklich, diese Höllenfahrt zu bremsen und schließlich mit meinem Körper zum Stillstand am schrägen Hang zu kommen, kurz bevor ich an die Felsen geprallt oder abgestürzt wäre.

Erschöpft und kraftlos blieb ich zunächst liegen. Mein Puls und mein Atem gingen heftig, und ich musste mich langsam beruhigen und tief durchschnaufen. Zum Glück spürte ich keine Schmerzen und die Angst klang langsam ab. Allmählich wurde ich ruhig, blieb aber liegen und konnte die Situation etwas überdenken, denn das ganze Ereignis hat ja nur wenige Sekunden gedauert und währenddessen blieb keine Zeit zum klaren Denken, sondern nur zum spontanen Reagieren und noch im rechten Moment zum Abrufen früher theoretisch erworbener Verhaltensweisen in solchen Situationen, von denen man immer hofft, dass sie einem selbst nicht widerfahren. Aber jetzt, nachdem ich etwas zur Ruhe und zum Nachdenken gekommen bin, schlotterten mir die Knie gewaltig und es wurde mir fast schlecht.

Meine Kameraden hatten natürlich meinen Sturz gesehen, sie konnten mir während des Fallens jedoch nicht helfen; sie waren genauso von der Situation überrascht wie ich. Außerdem ist es ja gefährlich, in so einer Situation unkontrollierte Bewegungen und Schritte zu machen und eventuell selbst zu straucheln.

Nach ein paar Minuten erholte ich mich wieder und schaute, ob ich mich nicht doch verletzt hatte. Ich spürte, vielleicht auch durch die ganze Aufregung, keinen Schmerz. Außer, dass sich unter meinen Bundeswehr-Parker Schnee geschoben hat, der sich am Rücken und am Bauch zu steinharten Klumpen geformt hat, ist mir wohl nichts passiert. Na ja, meine Fingerknöchel waren schon etwas blutig. Jetzt erst entdeckte ich in der Bremsspur des Eispickels, dass ich davon eine kleine Blutspur hinterlassen hatte. Aber das war nicht dramatisch! Ich habe meinen Kameraden, die noch entsetzt oben standen, zugewinkt und ihnen gerufen, dass ich okay bin und keiner zu mir absteigen braucht. Irgendwie bin ich dann den Firnhang wieder hinaufgekommen, zwar mit weichen Knien, aber glücklich über den Ausgang und über meine richtige und schnelle Reaktion, auch wenn ich später noch ein paar blaue Flecken als Souvenir entdeckte.

Mein Fehlgriff

Es war schon Anfang Oktober. Die Spätherbst-
tage waren noch herrlich warm, das Wetter war
beständig. Paul meinte: „Grad recht für eine Tour
in den Dolomiten, pack'n wir die Große Zinne!".
Abgemacht! Mit seiner BMW fuhren der Paul und
ich über die Großglockner-Straße bis Heiligen-
blut und hoch bis zum Rifugio Auronzo. Da lagen
sie vor uns, die Drei Zinnen, die Westliche Zinne,
die Kleine Zinne und in der Mitte die Große
Zinne, ein Berg mit Mythos, an dem Alpinge-
schichte geschrieben wurde. Der Traum jedes
Kletterers in den Dolomiten, z. B. hat unser Berg-
freund Franz mit Lois die Comici-Route durch
die Nordwand schon durchstiegen, aber die war
dem Paul und mir doch eine Nummer zu groß.
Wir hatten uns die Normalroute auf die Große
Zinne vorgenommen, und am Samstagabend davor schauten wir voll Erwartung die Wände von
der Auronzo-Hütte aus an, und waren schon in
Gedanken beim nächsten Tag und auf unserer
Tour.

Beim Morgengrauen verließen wir das Matratzenlager in der Hütte, folgten dem breiten Wan-
derweg, der zur Lavaredohütte führt, bogen
dann links ab, auf Steigspuren stiegen wir bis zu
einer Scharte zwischen der Großen und Westli-
chen Zinne. Nach einer halben Stunde hatten wir

den Einstieg erreicht, der allerdings gar nicht so leicht zu finden war. Der Morgen fühlte sich noch kühl und ziemlich frisch an, aber die Sonne schob sich schon in den neuen Tag und wärmte uns zunehmend.

Paul hatte sich ein neues Kletterseil von Edelrid aus Perlon geleistet, das im Gegensatz zu den herkömmlichen, steifen Hanfseilen weicher war und nicht so krangelte. Dieses rote 60-m-Seil war damals eine Anschaffung, auf die er sehr stolz war, und liebevoll nahm er es aus dem Rucksack und strich mit den Fingern drüber. Und jetzt wurde das neue Seil eingeweiht.

Wir seilten uns sorgfältig an.
Damals kannte man nur die einfache Anseilmethode um die Schultern und die Brust, den Bulin-Knoten. Die Klettergurte kamen erst viel später auf. Bei einem Sturz bestand die Gefahr, dass bei der damaligen Knotentechnik das Seil den Brustkorb abschnürt.

Pauli ging voran. Bis auf ein paar brüchige Stellen an einem Terrassenband war es eine schöne Kletterei mit guten Griffen und ordentlichen Standplätzen. Es war eine Genusskletterei! Wir kamen gut voran.

Nach ein paar Seillängen suchte ich mit der rechten Hand einen Griff weiter oben, streckte mich und fand tatsächlich einen guten Griff.

Aber was war denn das! Ich fasste in einen weichen Haufen, konnte dieses Gefühl erst gar nicht zuordnen, zog instinktiv schnell meine Hand zurück. Als ich dann meine Hand und meine Finger betrachtete, sah und roch ich, in was ich da hineingelangt habe: Da hat doch wirklich jemand ganz dringend seine Notdurft verrichtet! Und in diesen stinkenden Haufen habe ich voll hineingelangt! Und hier hatte ich ja keine Möglichkeit, mir die Hand zu waschen. Es hat mich fürchterlich gegraust. Ich habe dann meine Finger am Felsen und mit einem Taschentuch notdürftig abgewischt, wobei es mich immer wieder gewürgt hat. Am nächsten Standplatz konnte ich mich wenigstens mit unserem kostbaren mitgeführten Trinkwasser etwas säubern. Pfui Teufel!

Trotzdem standen wir nach dem letzten Kamin und einer kurzen Verschneidung nach 3 Stunden Kletterzeit auf dem Gipfel unter dem Gipfelkreuz, glücklich über die gelungene Tour. Angesichts des überwältigenden Blicks über die Dolomitengipfel trat die kurze sehr unangenehme Episode doch bald in den Hintergrund, wenn ich sie auch nie vergessen habe.

Nach dem Eintrag ins Gipfelbuch, bei dem ich den „schlimmen" Fehlgriff verschwieg, machten wir uns an den Abstieg. Teilweise konnten wir die vorhandenen Haken zum Abseilen verwenden, aber wir mussten vor allem bei den Querungen auf loses Gestein achten. Damals hatten wir selbst noch keinen Steinschlaghelm. Unsere Karabiner waren handgeschmiedete, schwere Eisenkarabiner, später kamen dann Schraubkarabiner aus Alu dazu. Von unseren Kletterkameraden hatte nur der Wilfried einen Kletterhelm, den er von seinen Eltern geschenkt bekam und den er dann, von uns am Anfang belächelt, verpflichtend aufsetzen musste.

Wilfried mit Steinschlaghelm auf dem Totenkirchl

Seine Eltern schenkten ihm auch eine Kamera, was damals eine Errungenschaft war. Allerdings musste man schon überlegen, was man fotografierte, denn ein Rollfilm hatte nur 24 Bilder.

Viele Situationen aus unserer Kletterzeit hat der Wilfried damit festgehalten und die alten Schwarz-Weiß-Fotos sind heute für uns eine schöne Erinnerung. Allerdings muss man sagen, dass er in schwierigen Klettersituationen oder bei Eistouren, die volle Konzentration und Einsatz erforderten, auch nicht fotografieren konnte. So fehlen also von vielen anspruchsvollen Touren Fotos, aber die Erinnerung daran ist zum Glück in unseren Köpfen gespeichert.

Große Zinne

Unsere Tour war im Oktober 1960. Da war man noch alleine am Berg. Inzwischen wird diese Route an manchen Tagen von vielen Seilschaften begangen, und man muss sogar manchmal beim Einstieg anstehen.

Übrigens fand ich auch einen Eintrag im Internet aus früherer Zeit: „So um 1980 herum, war die Wegfindung nicht das Problem. Von zahlreichen menschlichen Hinterlassenschaften markiert hätte man sich auch nur mit Hilfe des Geruchsinns orientieren können."

Bärbel auf der Herzogkante, Laliderer

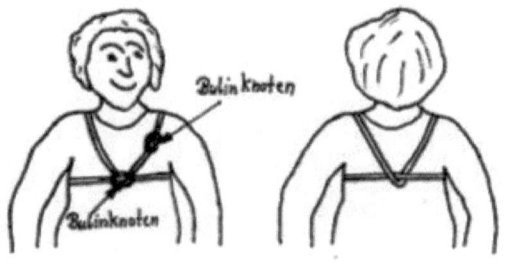

Anseiltechnik mit dem Bulinknoten

Anneliese erzählt

Hier begann mein Glück

Es war Anfang September 1961. Von Bärbel und Maria bekam ich die Einladung, mit der Jungmädelgruppe zum Kletterabschied auf die Fritz-Pflaum-Hütte zu gehen. Ich fuhr von Bergen mit dem Zug nach Ruhpolding und traf mich dort mit den anderen Sektionsmitgliedern. Einige Mädchen aus der Gruppe arbeiteten als Verkäuferin und hatten am Samstag erst um 14 Uhr Arbeitsschluss, so konnten wir erst gegen 15 Uhr ab Ruhpolding starten. Mit dem Postbus ging es erst nach Reit im Winkl, wo Bärbel schon auf uns wartete. Von dort konnten wir mit dem Österreichischen Postbus über Kössen bis Griesenau fahren, stiegen dort aus und stellten uns auf einen Fußmarsch von 6 Kilometer durch das Kaiserbachtal bis zur Griesner Alm ein.

Wir staunten nicht schlecht: Da standen doch an der Bushaltestellte Bärbels Kletterkameraden, der Wolf-Dieter mit seinem Suzuki-Motorrad und der Paul mit seiner BMW (so ein Zufall!!! Oder hatte das Bärbel in weiser Voraussicht vorher ausgemacht?) Ha! Ha! Wir freuten uns natürlich riesig. Kurzerhand verteilten wir uns auf die zwei Motorräder; der Wolf-Dieter lud drei Mädchen auf seinen Schlitten und den Platz auf dem Tank und dem Sozius von Pauls Motorrad mussten sich die restlichen Vier teilen. Wer vorne saß, musste die Füße der dahinter Sitzenden halten, die Rucksäcke hatten wir uns in die Armbeugen gehängt, und los ging die überladene Fuhre. Auf der sehr langsamen Fahrt haben wir manchmal den „Hintermann oder die Hinterfrau" verloren und unter viel Gelächter wieder eingesammelt. Aber man kann es kaum glauben, die überladenen Frachten erreichten wirklich (meist) komplett und unfallfrei das Ziel.

Auf der Griesner Alm angekommen, machten wir uns für den Aufstieg zur Fritz-Pflaum Hütte bereit. „Aber – wo war denn der Hansi? Der fehlt doch!" Da kam er auch schon schimpfend angerannt. Er war der letzte auf dem Soziussitz. Wir hatten ihn kurz vor dem Ziel verloren und es vor lauter Gekicher gar nicht gemerkt. Zum Glück ist ihm nichts passiert.

Jetzt aber nix wie los, damit wir den Aufstieg noch vor Einbruch der Dunkelheit schaffen! Obwohl wir den Weg schon so oft gegangen sind und ihn sicher auswendig kannten, aber manche Stellen über Geröllhalden und durch Latschenfelder waren dann doch nicht ganz ungefährlich.

Ich war zum ersten Mal auf dieser Hütte. Drinnen war es ziemlich dunkel, es gab nur eine Petroleum-Funzel. Aber trotzdem merkte ich, wie Wolf-Dieter immer zu mir herüberblickte und ich musste ihn auch immer wieder anschauen, und so fanden sich an diesem Abend unsere Augen trotz schwacher Beleuchtung immer öfter. Er gefiel mir und ich ihm auch...

Der Herd wurde mit dem mitgebrachten Holz angeschürt. Und wie wir es immer gehalten haben, legte jeder seinen mitgebrachten Proviant auf den Tisch, um daraus ein zünftiges „Kletter-Buffet" aufzubauen. Wir brühten noch in einer Schüssel mit vielen Teebeuteln Tee, und mit Rotwein und Zucker wurde ein süffiger Punsch draus. Er hat uns allen geschmeckt, und es wurde – wie immer – ein recht lustiger, lauter und langer Abend.

Spät abends kamen sogar noch ein paar weitere Kameraden auf die Hütte. Sie waren total durchnässt, denn inzwischen hatte es zu regnen begonnen. Sie hängten ihre Jacken und die nassen Socken auf die hölzerne Stange über dem Herd. Und darunter stand unsere Schüssel mit dem Punsch. Vielleicht hat der Punsch deshalb so würzig geschmeckt, weil aus den nassen Socken das Wasser in die Schüssel getropft ist. Das haben wir aber erst am nächsten Morgen bemerkt.

Bei Tageslicht haben wir dann auch gesehen, dass wir unseren Punsch in der Spülschüssel zubereitet hatten, die wirklich nicht gerade sauber war und an der sich oben ein dicker, breiter, fettiger Rand abgesetzt hatte. Im Nachhinein hat's uns schon etwas gegraust, aber der Punsch ist uns allen nicht schlecht bekommen.

Über Nacht setzte dann noch mehr Regen ein, der allmählich in Schnee überging, und so konnten wir am Sonntag keine Klettertour mehr unternehmen, nicht mal auf unseren Kletter-Hausberg, den Mitterkaiser, zog es uns noch. Also Heimkehr!

So vollführten wir die „Motorradprozedur" wie bei der Hinfahrt, stiegen dann in den gelb-schwarzen Österreichischen Postbus nach Reit im Winkl und trafen uns bei Bärbels Eltern im Wohnzimmer, wo Bärbels Kletterfreunde, Wolf-Dieter und Paul, also unsere „Motorrad-Taxis", schon gemütlich am Tisch saßen und uns freudig empfingen. Und ich freute mich natürlich riesig über so ein schnelles Wiedersehen mit Wolf-Dieter. Und ich bin sicher, dass damals unsere große Liebe begann, denn wir schauten uns immer wieder tief in die Augen und vergaßen fast alles Drumherum. Wir sahen nur noch uns beide.

Es war der Beginn unserer Beziehung und jungen Liebe, die dann in eine 58jährige Ehe mündete. Leider beendete der Tod von Wolf-Dieter vor ein paar Jahren diese glückliche und erfüllte Partnerschaft.

Anneliese und Wolf-Dieter vor der Fritz-Pflaum-Hütte

Das verfehlte Treffen –
ein Handy hätte geholfen

Ich wohnte damals in Bergen, Heidi und Rosemarie im 15 km entfernten Ruhpolding. Wir verabredeten eine gemeinsame Tour auf den 1700 m hohen Hochstaufen. „Wir treffen uns also am Sonntag um 8:00 Uhr in Adlgaß. Pünktlich!"

Am Sonntag früh fuhr ich also mit dem Radl die 22 Kilometer von Bergen über Siegsdorf, die Queralpenstraße (heute fast unmöglich bei dem Verkehr!) nach Inzell und dann nach Adlgaß. Pünktlich, wie ich war, stellte ich mein Radl ab und wartete am Treffpunkt, wartete und wartete. Wo bleiben die nur, das war ich bei unserer Gruppe nicht gewohnt.

Dann kam mir der doch recht unsichere Gedanke: „Sind die beiden vielleicht schon losgegangen?" In der Hoffnung, sie einzuholen, marschierte ich mit Riesenschritten schnell voran, den steilen Steig in Windeseile hinauf in Richtung Gipfel. Unterwegs war von den beiden aber nichts zusehen. Sie waren wahrscheinlich noch flotter gelaufen als ich, weil sie dachten, ich wäre vorausgelaufen und sie könnten mich vielleicht einholen. Doch unter dem Gipfelkreuz des Hochstaufen stand ich dann alleine, weder Rosemarie noch Heidi waren da.

„Vielleicht finde ich sie im Reichenhaller Haus, das unmittelbar unter dem Gipfel liegt?" Ich schaute in die Gaststube, fragte Besucher, aber weder dort noch auf der Terrasse fand ich die beiden. Auf der Terrasse hat mich sonst immer der einzigartige Panoramablick hinüber nach Salzburg, über die Berchtesgaden Alpen und die Loferer Steinberge bis zum Wilden Kaiser fasziniert. Aber heute schaute ich nicht mal hin. „Wo sind die beiden bloß? Vielleicht waren sie doch hinter mir?" Etwas enttäuscht und traurig stieg ich also allein wieder bergab.

Doch auf halber Strecke sah ich die beiden weiter unten gerade um eine Serpentine biegen. Sie kamen mir lachend und winkend entgegen als wäre nichts geschehen und wunderten sich, dass ich von oben kam. Sie waren also wirklich nach mir an den Treffpunkt gekommen. Ich war nicht da, auch sie hatten auf mich gewartet, während ich glaubte, sie unterwegs einholen zu müssen. Ich hatte anscheinend nicht genug Geduld beim Warten. Aber es war „pünktlich" vereinbart.

Nach einem kurzen Wortwechsel stieg ich dann trotzdem mit den beiden nochmal hinauf zum Hochstaufen-Gipfel. Diesmal ließen wir uns oben - aber vor allem ich, wegen der doppelten Lauferei - eine deftige Brotzeit schmecken.

Danach kraxelten wir gemeinsam über den Grat zum latschenbewachsenen Gamskogel und wanderten dann wieder zurück nach Adlgaß. Dort wartete schon mein Tretesel auf mich. Bei der Verabschiedung hatten wir die Wirrnisse der Tour schon fast vergessen. Dann schwang ich mich aufs Radl und musste noch stolze 22 Kilometer wieder nach Hause strampeln.

Damals gab es halt noch kein Handy, das wäre in diesem Fall schon von großem Vorteil gewesen!

Christa erzählt

Bergtour mit Hindernissen

Eine Fernsehsendung hatte uns eine fünftägige Tour in die Brenta in den verheißungsvollsten Farben nahegebracht. Da hieß es: Unterwegs in einem der schönsten Gebiete der Alpen. Mit seinen kühn gestalteten Felshörnern, Türmen, Nadeln und Zacken bildet es einen wirkungsvollen Kontrast zu den vielen Firnfeldern und kleinen Gletschern, also ein absolutes Toprevier. Legendär, die Via della Bocchette, auch "Haute Route der Brenta" genannt.
Da wollten wir hin!

Willy
am via della
Bocchette

97

Nach wochenlanger Planung und Vorfreude ging es endlich los zu unserem Traum, dem Bocchette-Steig. Fünf Tage hochalpin mit vielen Kletterpassagen und Gletscher-Querungen sollten es werden!

Viele Bergfreunde hatten diese Fernsehsendung ebenfalls gesehen, deshalb waren alle Hütten leider katastrophal überfüllt. Wasser zum Waschen gab es nicht, wenn man einen Schlafplatz auf einer Holzbank oder in einer Zimmerecke ergatterte, war man ein Glückspilz!

Die letzte, die fünfte Etappe diese Bergtour, haben wir uns deshalb geschenkt.

Froh und erwartungsvoll brachen wir zum Finale an den Molvenosee auf. Nach vier Tagen Katzenwäsche erschien uns ein Bad im See wie der Himmel auf Erden. Beim Schwimmen im herrlich klaren Wasser, weit in den See hinaus, fühlten wir uns völlig losgelöst und vergaßen die Zeit, obwohl noch 300 km Heimreise bevorstanden.

Aber dann endlich doch: raus aus dem Wasser, schnell abtrocknen, umziehen, die Haare etwas richten und flott zurück zum geparkten Auto!

Doch, was für ein Schock! Unser Auto war aufgebrochen, die Fotokamera mit unzähligen Fotos unserer Bergtour weg, ebenfalls alle unsere Pässe und Führerscheine. Und ohne Papiere fühlten wir uns im Ausland fast wie nackt im See, immer unsicher, ausgeliefert und hilfsbedürftig.

Da konnte uns vielleicht die Polizei helfen; also nichts wie los zur nächsten Polizei-Station!

Nach etwa hundert Metern Fahrt stand ein Mann in Badehose winkend auf der Straße. Wir dachten: „Der kann uns sicher sagen, wo wir die nächste Polizei-Station finden", hielten an und meinten, ihm unser Schicksal berichten zu müssen. Doch wild gestikulierend schreit er: „Was, ihr wollt einen Diebstahl melden? Da komme ich gleich mit. Ihr seid noch gut dran! Mir hat man das ganze Auto samt Inhalt gestohlen; mir ist nur meine Badehose geblieben!"
Wir nahmen den Unglücklichen mit.

Nach 5 km fanden wir endlich die Station Polizia de Stato.

Da hatte sich schon ein halbes Dutzend Leute versammelt, die alle bestohlen worden waren und hektisch herumschrien. Aber die Beamten störte das wenig. In aller Ruhe und Gelassenheit holten sie einen nach dem anderen der aufgeregten Bestohlenen in die Amtsstube und nahmen die Diebstähle mit großer Seelenruhe der Reihe nach zu Protokoll. – „Silentio, Prego!"

Nach einer gefühlten Ewigkeit bekamen wir Ersatzpapiere, mussten erst mal tüchtig durchschnaufen und konnten unsere verspätete Heimfahrt antreten. „Grazie Mille! Arrivederci?"

Erhalten haben wir von all dem Diebesgut aus unserem Auto niemals wieder etwas. Und ob das Auto des anderen Opfers jemals wieder aufgetaucht und an seinen rechtmäßigen Besitzer zurückkam, wissen wir nicht. Aber wahrscheinlich blieb es auch verschollen in Bella Italia.

Die Fotos unserer eindrucksvollen Bergtour, auf denen die Sonnenauf- und -untergänge, die ausgesetzten Klettersteige und die chaotischen Hüttenverhältnisse abgelichtet waren, sind unwiederbringlich weg, doch in unserer Erinnerung bleiben die vielen Eindrücke und Bilder dieser ganz besonderen Bergtour gespeichert und existieren weiter!

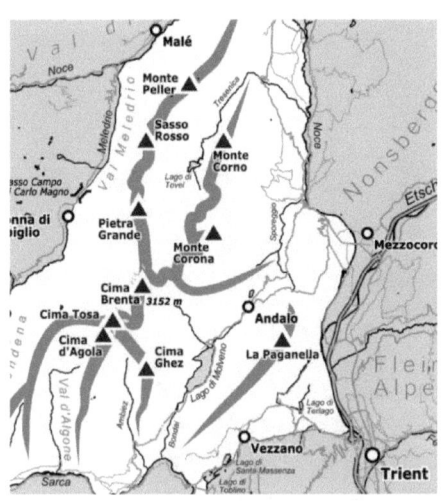

Christa mit Willy in der Brenta

Wintereinbruch
in der Brenta

Mit Zeitungen wattiert...

Franz war bei den Hochgebirgsjägern der Bundeswehr in Berchtesgaden stationiert, und ich arbeitete im Krankenhaus in Bad Reichenhall. Wir vereinbarten eine letzte Klettertour in diesem Jahr.... Klares Wetter ist angesagt, okay, das passt! „Ich hol' dich mit meinem Motorradl ab."

Franz und ich brachen von der Ortschaft Ramsau auf zur Blaueishütte, dort wollten wir übernachten, um am nächsten Tag auf die Schaertenspitze zu klettern. Die gemütliche Blaueishütte liegt im Hochkaltergebiet in den Berchtesgadener Alpen und ist Ausgangspunkt für viele Berg- und Klettertouren.

Anfangs war der Aufstieg problemlos. Zwei Drittel der Strecke waren geschafft. Kurz vor dem Ende der Forststraße zweigt links der Steig hinauf zur Blaueishütte ab, und von da an lagen plötzlich 30 - 40 cm Neuschnee, der teilweise auch noch verweht war. Das hatten wir nicht erwartet! Trotzdem stapften wir voll Optimismus mühsam weiter auf dem steilen Pfad zur Hütte, mussten uns aber jeden Schritt durch den knietiefen Neuschnee erkämpfen.

Damals hatten wir Kniebundhosen aus Schnürlsamt, dazu Kniestrümpfe aus Wolle, derbe lederne Bergstiefel, einen ungefütterten Parka aus Bundeswehrbeständen.

Die Cordhose sog sich natürlich bei dem nassen Schnee langsam voll wie ein Schwamm. Der Schnee fiel uns von oben in die Schuhe und stampfte sich allmählich innen bei jedem Schritt fest, an den wollenen Kniestrümpfen blieb der Neuschnee in tennisballgroßen Klumpen hängen, und Handschuhe hatten wir natürlich auch nicht dabei. Wir waren ja zum Klettern bei herrlichem Wetter aufgebrochen, obwohl alpines Wetter immer unberechenbar bleibt.

Endlich nach drei Stunden Aufstieg und Schneestapfen kam die Blaueishütte in Sicht, und wir freuten uns auf die warme, gemütliche Gaststube.

Völlig durchnässt standen wir nun erwartungsvoll vor der Hütte. Vor der Türe lehnte ein großer, gepackter Rucksack, der Hüttenwirt stand unter der schweren Eingangstüre und wollte diese gerade absperren. Überrascht meinte er lachend: „ Ja mei, was woits ihr denn? I sperr grod mei Hittn zua und erst nächstes Jahr wieder auf. Mei, wia schaugts denn ihr aus, ihr seid's ja tropfend nass!" Das war für uns schon eine gewaltige Enttäuschung nach diesem Anmarsch. Doch der

Hüttenwirt ging zurück in die Hütte und kam mit einem dicken Packen „Reichenhaller Tagblatt" zurück. „Da hob i noch a paar alte Zeitungen, die könnts euch um die Haxn wickln, dann werd's scho trockn." Und das taten wir dann für den Rückweg auch. Wir wickelten uns also unter die Kniestrümpfe, um Ober- und Unterschenkel dicke Zeitungslagen, auch in die Hose um das Hinterteil stopften wir einige Blätter. Ich kam mir vor wie ein Waldschrat, dick, ausgebeult und war froh, dass uns unterwegs niemand begegnete oder sah. Bis sich das Zeitungspapier an unseren Körper allmählich angepasst hatte, fiel das Laufen etwas schwer und unsere Bewegungen sahen wohl ziemlich ungelenk aus.

So stapften wir mit unseren Rucksäcken samt nicht angerührter Brotzeit und Kletterausrüstung zurück zum Ausgangspunkt am Hintersee, wo Franz seine NSU-Max geparkt hat.

Bei Einbruch der Dunkelheit kamen wir schließlich wieder in Bad Reichenhall an; es war inzwischen empfindlich kalt geworden. Bei unserer Ankunft knackten und knisterten die steifgefrorenen Zeitungen, denn durch den Fahrtwind auf dem Motorrad waren die nassen Zeitungen gefroren und bocksteif geworden. Von warm konnte da keine Rede mehr sein! Aber unsere jugendliche Natur verkraftete die Herausforderung ohne Nebenwirkungen.

Unsere geplante Klettertour musste noch einen Winter warten, doch im nächsten Bergsommer haben wir sie nachgeholt, und der Hüttenwirt erkannte uns wieder und empfing uns mit großem Hallo und meinte lachend: „Aber heut braucht's koane Zeitungswindeln zum Trocknen!"

Da fliehen die bösen Geister!

Das Jahr 1965 neigte sich dem Ende zu. Zum Jahreswechsel war ein Treffen auf der Thorau Hütte geplant. Das Motto hieß: "Ins neue Jahr mit schräger Musik auf selbsthergestellten Instrumenten."

Wir trafen uns dann an der „Glockenschmiede" zum Aufstieg auf die Hütte. Der Wilfried kam mit einem Riesenrucksack und oben drauf hatte er ein altes hölzernes Waschbrett mit einer Rumpel aus Blech befestigt. Der Paul war mit einer großen, grünen Gießkanne mit einer langen Tülle ausgerüstet, der Franz hatte auf seinen Rucksack zwei Blecheimer gebunden. Ich habe von irgendwoher eine Kuhflöte aufgetrieben, denn bei so viel Schlagzeug musste ja unbedingt auch ein

Melodie-Instrument dabei sein. Eine Kuhflöte ist meistens ein Kuh- oder Ziegenhorn, mit dem schon die Wikinger ihre Nachbarn in Angst und Schrecken versetzten. „Bernhard, was hast denn du dabei?" „Zwei Löffel." „Na ja, dann sind wir ja mal gespannt, was da heute Abend geboten wird!"

So ausgerüstet, spannten wir die Steigfelle auf unsere Schi und begannen den Aufstieg zur Thorau. Mit unserem außergewöhnlichen Gepäck waren wir schon ein kurioses Gespann und lachten uns schon auf dem Weg halb kaputt über die Idee, eine Waschrumpel oder eine Gießkanne im Winter auf den Berg zu schleppen.

Auf der Hütte erwartete uns schon Wilfrieds Vater. Er war damals aus dem Krieg zurückgekommen und seither erblindet. Seine treueste Begleiterin, eine reinrassige Deutsche Schäferhündin, die Blindenhündin Blanca, die ihn stets zuverlässig auf die Thorau führte, war natürlich auch dabei.

Bei bayrischen Schmankerln und so manch hochprozentigem Tropfen kamen wir tüchtig in Stimmung. Jetzt konnte das „Musikprogramm" beginnen!

Wilfried hängte sich das Waschbrett wie eine Gitarre um den Hals und bearbeitete das blecherne Riffelbrett mit einem Schneebesen, mit einem Fingerhut oder mit einem Schöpflöffel, dass es nur so ratterte und rasselte. Der Franz schlug auf seine Blecheimer lautstark mit zwei Holzlöffeln verschiedene Rhythmen nach eigenem Gusto und der Paul blies mit voller Kraft ins Rohr der Gießkanne, so dass keine schönen, dafür aber laute und grunzende Geräusche herauskamen. Bernhard saß auf der Eckbank, hatte zwei Esslöffel aus Metall wie Kastagnetten zwischen Daumen und Zeigefinger in der rechten Hand und schlug gekonnt damit auf seinen Oberschenkel, auf Bank oder Tisch und mit der linken Hand auf dem anderen Oberschenkel den Takt dazu, das war schon kunstvoll. Meine Flöte dröhnte dumpf, rau, fast beängstigend und gab diesem Sound das gewisse Etwas.

Es dauerte nicht lange, da stand der Herbert vom Nachbarkaser in der Türe: „Könnt ihr noch ein Instrument brauchen, ich habe meine Teufelsgeige dabei?" Da war das Hallo groß, und der Herbert fing an, seine Teufelsgeige so richtig in

Schwung zu bringen und von oben bis unten zu traktieren, dass es eine Freude war.

Diese Teufelsgeige hatte der Herbert selbst gebaut. Sie bestand aus einem Holzstab in der Körpergröße vom Herbert und war mit drei Saiten bespannt. Daran befestigt hatte er diverse Schellen, Schellenringe, Zimbeln und Klanghölzer und eine Art Tamburin. Dieser Aufbau wurde dann taktmäßig auf den Boden gestampft, und es entstand ein lautes Klirren und Scheppern, das durch Zupfen der Saiten und Schlagen auf das Tamburin noch verstärkt und belebt wurde.

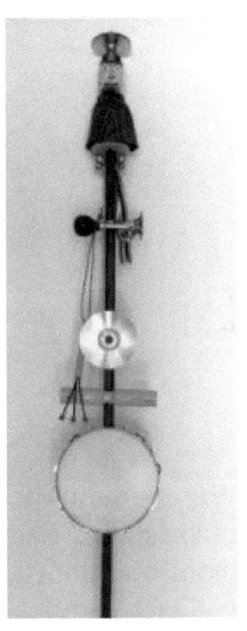

Jeder gab sein Bestes....schräg, schrill, lustig, kreativ und vor allem auch ohne Verstärker oder moderne Tonanlagen sehr laut! Dazu sangen wir unser Berglieder-Repertoire mit allen Versen rauf und runter, was für das Tohuwabohu die Krönung war.
Wer nicht dabei war, hat einen einmaligen Höhepunkt an Gesangs-, Orchester-, Wirtshaus- und Cliquenkultur versäumt!

Bärbel an der „Drehorgel"

Wie es dem Vater von Wilfried ging, weiß ich nicht mehr. Seine Taubheit schützte ihn hier wohl vor dem Lärmchaos, und er konnte sich vielleicht einfach am Beobachten, Mitschunkeln und Dabeisein „erfreuen". Aber sicher war diese „Orchester-Musik" schlimm für seinen Blindenhund. Der lärmempfindlichen Schäferhündin Blanca waren die vielen Leute auf der Hütte schon zu viel, war sie doch die Ruhe mit ihrem Herrn gewöhnt. Dieser Krach aber war zum Kotzen. Und das tat die Blanca dann auch. Mitten in die Hütte, auf den Holzboden, kotzte sie einen großen stinkenden Haufen als Rache. Dann stürmte sie aus der Hütte und hat sich bis zum zweiten Januar standhaft geweigert, in die Hütte zurück zu kommen und zu fressen, trotz Kälte, gutem Zuspruch und Streicheleinheiten.

Erst, als sie gesehen hat, dass wir mit unseren Schiern, mit den Rucksäcken und Instrumenten die Hütte verlassen haben und abgefahren sind, ist sie vorsichtig aus ihrem Versteck wieder aufgetaucht.

Doch die treue Hündin beruhigte sich bald danach wieder und hat ihren blinden Herrn noch viele Jahre durchs Leben und erfolgreich über Bergpfade geführt.

Seit diesem Silvesterabend gibt es von der Thorau bis zum Hochfelln keine bösen Berggeister mehr, die haben wir alle restlos vertrieben.

Mein Instrument, die Kuhhornflöte, hing noch lange Zeit in meinem Zimmer zur Erinnerung an diesen ohrenbetäubenden und lustigen Silvesterabend.

Horst

„Zwetschgenbaames"

Als ich meine Bärbel vor
etwa 50 Jahren kennen-
lernte, erzählte sie mir natürlich viel über ihr Vorle-
ben, und darin spielte ihre Liebe zu den Bergen,
zum Wandern, zum Bergsteigen, Tourengehen
und Klettern mit Seil und Haken im Fels eine
wichtige Rolle. Und ich staunte immer wieder,
was sich so eine hübsche, schlanke Frau alles zu-
traute, zumutete und schaffte. Oft mit Bildern
aus ihrem Fotoalbum oder Bergsteigertagebuch
untermauert, war da die Rede von steilen Felsen,
von Kaminen, Verschneidungen, Spalten, Rinnen
und stundenlangen Anmärschen und Aufstiegen
bis hin zum Eintrag in irgendein Gipfelbuch. Da
bewunderte ich Bärbel gewaltig, und vor allem
war ich froh und glücklich, dass sie von all den
Unternehmungen heil wieder heimgekommen
ist, sonst wäre mir die Möglichkeit versagt gewesen, ihr irgendwann zu begegnen, mich in sie zu
verlieben (und umgekehrt auch!) und mit ihr
eine spannende und glückliche Ehe einzuge-
hen...

Ich als geborener Fichtelgebirgler, als Mensch des Mittelgebirges mit maximal rund 1000 m hohen, meist bewaldeten Kuppen und Bergen war zwar stundenlanges Wandern im Berghufeisen der Heimat gewohnt, aber Bergsteigen oder gar Klettern im rauhen Fels des Hochgebirges hatte ich nie auf dem Schirm, betrachtete es auch als sehr gefährlich, als Spiel mit dem Leben. Obwohl ich von meinem im Krieg leider gefallenen Vater in Fotoalben allerhand Klettereien von ihm in anspruchsvollem Gelände fand, hat mich der Klettervirus niemals angesteckt. Er war damals in jungen Jahren mit seinem DKW-Motorrad zum Klettern von seiner Heimat Bayreuth in die nahe Fränkische Schweiz gefahren.

Übrigens gehört der Frankenjura zu den bedeutendsten Klettergebieten Europas, doch ich war niemals dort, um das Klettern im interessanten Kalkfels und den zehn bis zwanzig Meter hohen Kalkwänden und –türmen zu versuchen, obwohl ich in der Gegend immer wieder die berühmten Höhlen mit ihren uralten Tropfsteinen besucht und bestaunt habe.

Und in diesem bedeutenden Erkundungs-, Wander- und Klettergebiet spielt auch meine kleine Geschichte, mit der ich wage, mich in die alpinen Erlebnisse meiner Bärbel und ihrer Freundinnen, Kameradinnen und Kameraden, von denen dieses Buch berichtet, einzumischen, um zu zeigen: Auch ich war im senkrechten Fels, auch ich war am Seil...

Bärbel und ich waren schon immer begeisterte Schifahrer und liebten neben den präparierten Pisten in den Alpen v.a. extreme Touren und Abfahrten im herrlichen Schnee der italienischen und französischen Alpen und der Schweiz. Bei einer dieser Unternehmungen abseits präparierter Pisten herab von Berggipfeln, über Steilhänge, Abbrüche und über Gletscher fuhren wir immer mit einem ortskundigen Bergführer bzw. Schilehrer. Eine besondere Tour, eine sog. "Schi-Safari", mit ganz tollen Abfahrten weit abseits vom üblichen Schibetrieb, aber auch mit einigen Gefahren und Unwägbarkeiten, wie Spalten, bösen Löchern, Lawinen und v.a. im Frühjahr gefährlichen Gletschern ging z.B. im Mont Blanc-Massiv von der steilen, 3842 m hohen Aiguille du Midi über mehr als 20 Kilometer hinab durch das Vallée Blanche im Raum Chamonix in Frankreich. Und dort führte uns Sigi aus München, ein ortskundiger, sehr erfahrener Schilehrer und Hochgebirgsguide, auf den man sich voll verlassen konnte und der zudem beim abendlichen Rotwein, wenn wir die nächste Tour planten, auch sehr lustig und unterhaltsam sein konnte. So hatten wir einen prima Draht zueinander und erfuhren von ihm auch, dass er sich in unserer

Gegend recht gut auskennt, weil er selbst schon öfter in Nordbayern im Frankenjura beim Klettern war und davon schwärmte, nicht nur von den Möglichkeiten des Kletterns, sondern auch von den gemütlichen Wirtshäusern zwischen Bayreuth und Bamberg.

So machten wir an einem Abend aus, dass er im Sommer einmal zu uns kommt und uns zeigt, wo er öfter beim Klettern war. Und Bärbel freute sich besonders, weil sie einerseits ein neues Klettergebiet nahe ihrer neuen Heimat bei mir im Fichtelgebirge kennenlernen konnte und v.a. weil sie einmal wieder richtig klettern konnte und vielleicht mich dort auch auf den Geschmack bringen könnte...

Also ausgemacht! Wir trafen uns dann in Scheßlitz, denn Sigi meinte, der Ort wäre ideal als Ausgangspunkt zum Klettern an den in der Nähe befindlichen, verschiedenen Felsformationen.

Nach herzlicher Begrüßung und einem kleinen Umtrunk mit heimischem Apfelwein ging es gleich noch ein paar Kilometer auf der Straße und dann auf einen Feldweg, wo wir unsere zwei Autos abstellten und zu einer dem Sigi bekannten Felswand, die sich etwa 20 m vor uns steil erhob, hinüberliefen, nachdem Sigi und auch Bärbel neben geeignetem Schuhwerk und richtiger

Kleidung auch Klettergeschirr, Seil, Haken, Karabiner, Hammer usw. zusammengepackt hatten. An den Namen des recht imposanten Felsens kann ich mich und auch Bärbel nicht mehr genau erinnern, war's die Jurawand, die Steinfelder Wand, der Torstein oder der Freistein oder die Burglesauer Wand oder oder...?

Vor Ort legen Sigi und Bärbel die nötigen Utensilien an und sind nach wenigen Minuten bereits im Fels und freuen sich, wie sie auf- und absteigen, queren, eine neue Route finden, vorhandene Haken nützen, neue Haken setzen, das Seil durchschlaufen, sich gegenseitig sichern und durch Zuruf beraten und führen, sich abseilen, sich motivieren und alles begeistert genießen können.

Und ich stehe unten, schaue zu und staune, was meine Frau alles kann, verspüre aber auch immer etwas Angst im Bauch, dass jeder Haken hält, dass jeder Griff sicher sitzt und dass niemand auf dem zum Glück recht trockenen Fels ausrutscht, abgleitet oder gar abstürzt – auch wenn die Wand „nur" etwa 20 m hoch ist. Schrammen, stärkere Verletzungen oder gar Brüche liegen für mich jedenfalls immer im Bereich des Möglichen, und ich bin froh und erleichtert, als Bärbel und Sigi wieder auf festem

Boden bei mir stehen ... und strahlen, weil´s so schön war.

Und dann meint Bärbel plötzlich: „Horst, probier´s doch auch mal – trau dich - wir sichern dich doch!" Ich juble nicht sofort, doch dann heißt es: „Horst, jetzt bist du dran! Versuch´s doch mal! Es kann nichts passieren; wir sichern dich zuverlässig!" Allmählich glaube ich das auch, weil beide so gekonnt, flott und ohne Probleme die hohe, steile Wand mehrmals hintereinander erklimmen und sich dann von oben schwungvoll wieder abseilen...und heil und begeistert unten neben mir ankommen.

Und es wird mir langsam etwas mulmig! Da nützt es auch nichts, wenn ich im Fichtelgebirge schon zig-mal ein paar Felsen am Haberstein, dem Burgstein oder an den Felsentürmen des Rudolphsteins hochgekraxelt bin oder über Leitern oder Treppen bis zu den herrlichen Aussichtspunkten mit Blick zum Weißenstädter See gestiegen bin oder ohne Probleme bis zur Ruine am Epprechtstein oder zur Ruine Weißenstein im nahen Steinwald relativ bequem hinaufgestiegen bin!

Jetzt wird es für mich ernst, und ich wollte mir vor Sigi und meiner mutigen Frau keine Schwachheit spüren lassen! Ich lasse mich also

überreden, werde über die Brust „angeschirrt"
und los geht's, ich probiere einzusteigen und
Halt zu finden, Bärbel unter bzw. hinter mir und
Sigi über mir, eine Art Dreierseilschaft. Ich habe
das Gefühl, ich werde mehr von Sigi von oben gezogen und/oder unten von Bärbel geschoben.
Ich versuche, mich an die Felsen zu klammern,
und die beiden rufen immer wieder: „Weg vom
Felsen!", was ich immer wieder mit „...dann falle
ich doch runter!" beantworte. Mein Puls geht
schnell, ich habe Angst, fühle mich sehr unwohl,
obwohl Bärbel und Sigi immer wieder beruhi-
gend rufen: „Wir sichern dich doch! Wir halten
dich doch! Nur weiter! Dort und da ist ein Griff,
jetzt kannst du dich halten! Und immer dran
denken: Immer drei Punkte im Auge haben, wo
du stehst, wo du dich gerade hältst und wo der
nächste Griff ist! Nur weiter so, wird schon, geht
schon! Und weg vom Felsen!" „Dann falle ich ga-
rantiert runter!"
„Wir halten dich! Nur noch 3, nur noch 2 Meter!
Du bist gleich oben!"

Doch letztlich will ich mir vor beiden keine
Blöße geben und will das für mich nicht gerade
erbauliche Abenteuer möglichst erfolgreich und
bald zu Ende bringen.

„Jetzt mit dem rechten Fuß weit nach rechts
spreizen! Spürst du den Absatz? Wir halten dich!

Mach erst den nächsten Griff, wenn du ganz sicher bist!" Doch ganz sicher bin ich eigentlich nie! „Denke dran an die Grundregel der 3 fixen Punkte! Du hast es gleich geschafft!"

Und Sigi steht jetzt fast über mir auf einer anscheinend ziemlich waagerechten Felsplatte, und ich kämpfe mich stöhnend und schnaufend gar hinauf, während Bärbel ruft: „Bravo, du bist fast oben!"

Nur keine Erschöpfung zeigen! Und dann spüre ich auf der letzten Platte Grashalme, ziehe mich erleichtert gar nach oben...und kann schon über die Felskante blicken..........und sehe da oben eine ziemlich ebene Wiese .....und eine Frau, die dort einen Kinderwagen schiebt.....Das gibt´s doch nicht!....

Es muss also zu dieser Ebene und auf dieser Ebene, die ich so mühsam mit vielen Zweifeln unter Zug und Druck erreicht habe, einen bequemen Weg von oben her geben! Und ich tue mir das alles an! Nie wieder! Ich bin fertig und richtig demoralisiert! Ja, wenn ich von dem Zielpunkt eine phantastische Aussicht weit ins Land und hinüber zu anderen Gipfeln gehabt hätte, wovon Bärbel immer wieder von ihren Touren in den Alpen schwärmt......

Dafür war das Abseilen mit gekonnter Hilfe meiner beiden Klettermeister trotzdem eine ganz besondere Freude und ein Genuss, wieder festen Boden unter den Füßen zu haben.

Unten angekommen, steht aber mein Entschluss fest, auch wenn ich letztlich gelobt werde und ich Sigi und v.a. Bärbel ganz toll bewundere: Für mich ist das richtige Klettern im Fels wirklich keine Option; vielleicht hätte ich das von Kindheit an –wie Bärbel und Sigi – praktizieren müssen, vielleicht mit meinem Vater, den ich eigentlich leider nur von Bildern kenne...

Doch diese gesamte Unternehmung will ich nicht so frustrierend beschließen. Weil ich zufällig von einem guten Lokal in Scheßlitz weiß, schlage ich

120

vor, den Tag dort ausklingen zu lassen. Hier gibt es nämlich neben einem prima Bier eine Spezialität der Region, das sog „Zwetschgenbaames", ein Geräuchertes, das leicht von Speck durchzogen ist, so dass jede Scheibe aussieht wie eine Scheibe vom Stamm eines Zwetschgenbaumes. Wirklich etwas Besonderes, Regionales, Feines und Originelles, das es nirgends sonst gibt! Aber zu meiner Überraschung kennt Sigi dieses geräucherte besondere Fleisch des „Zwetschgenbaames", des Zwetschgenbaumigen, und auch das Lokal schon von früheren Zeiten, als er von München aus zum Klettern in diese Gegend gefahren ist. Ich konnte also seine Kletterkünste auch mit einer besonderen Essensüberraschung nicht ausstechen! Naja, ich will's und werde es verkraften einschließlich Kletterfrust!

Aber schön und lustig war es dann trotzdem noch in Scheßlitz beim „Zwetschgenbaames"!...

Maria erzählt

Herzliche Gastfreundschaft
Maria, Marianne, Lisbeth, Elisabeth

1965. Wir vier Mädchen sind per Zug nach Bozen und dann mit dem Bus auf die Seiseralm gefahren. Die Seiser Alm ist über 56 Quadratkilometer groß, was rund 8.000 Fußballfeldern entspricht und ihr den Titel der größten Hochalm Europas sichert.

Wie waren wir überrascht, als wir dort nur schöne große Hotels antrafen mit stattlichen Preisen. Wir alle hatten wenig Geld. Ich hatte außer der Rückfahrkarte nur ca. 20 DM dabei. Die Hotels waren für uns unerschwinglich, und wir hätten uns auch in dieser Umgebung nicht wohl gefühlt. Bis zur nächsten Bergunterkunft, der Malknechthütte, sei es viel zu weit, sagte man uns, denn es wurde schon langsam dunkel.

Auf einem Bauernhof sprachen wir die Bäuerin an, ob wir bei ihr übernachten könnten. Die Haselrieder Bäuerin bot uns ihren Heustadel an, gab uns ihren Hütebub mit und für jeden eine dicke Wolldecke. Sie rief uns noch hinterher: „Bringt's eure Rucksäcke und Decken schon mal in den Stadel und ich mach' euch in der Zwischenzeit einen Kaiserschmarren". Und es war wirklich ein feiner Kaiserschmarrn aus guter Almmilch, Eiern und Mehl vom eigenen Hof! Mit großem Appetit haben wir uns alle über dieses herrliche Essen zum Tagesausklang hergemacht und völlig weggeputzt. Satt und todmüde schliefen wir im Heu schnell ein.

Aber als ich nachts einmal aufwachte, schaute mich ein leuchtendes Augenpaar an. Je nachdem, wie ich mich bewegte, waren es ein Auge und dann auch wieder zwei. Was ist das? Ein Tier, ein Mensch? Taschenlampen? Doch ich war zu müde, um weiter nachzuforschen, drehte mich um, damit ich nicht mehr dorthin schauen musste und schlief bald weiter. In der Früh entdeckte ich an dieser Stelle zwei Astlöcher in der Wand, durch die der Vollmond hereinleuchten konnte...

Zum Frühstück gab uns die Bäuerin noch frische Kuhmilch, Butter und selbstgebackenes Brot. Ich hatte dazu meine Haferflocken mit Nüssen und Rosinen dabei.

Und als wir die Bäuerin beim Abschied fragten, was wir schuldig sind, meinte die Bäuerin: „Ach, Madln, lasst's gut sein, betet ein Vaterunser für uns und geht's mit Gottes Segen weiter!" Dem

Hütebuben gaben wir noch ein kleines Trink-geld.

So fing also die Tour schon mal gut an. Auf schö-nen Wegen kamen wir gegen Abend zur Mahl-knecht-Hütte. Es war eine ganz alte Alpenver-einshütte des AV Bozen. Aber das Matratzenla-ger war trotzdem wirklich in Ordnung.

Als ich Jahre später mit drei Nichten wieder diese Tour machte, warnte ich die Mädchen, dass die erste Übernachtung in dieser wirklich alten Hütte sein wird, aber sie liegt halt ganz zentral. Wie waren wir überrascht, als da eine wunder-schöne neue Berghütte stand mit angenehmen Zimmern! Und jedes Zimmer hatte eine eigene Nasszelle, welch ein Luxus!

Die Mahlknechthütte heute

Das Haus, als Schutzhütte ist erstmals im Jahr 1902 eingetragen, brannte 1935 ab, wurde wieder aufgebaut und 1984 wegen Mangel an der Bausubstanz abgerissen. Danach entstand sie neu.

Und der Berghüttencharakter blieb zum Glück erhalten. So konnte man zum Frühstück auch nur heißes Wasser bestellen, (denn die Teebeutel hatten wir ja im Rucksack dabei) und seine mitgebrachte Brotzeit auspacken.

Um ½ 7 marschierten wir dann am nächsten Tag los zum Kesselkogel. Wir passierten einen gut gesicherten Klettersteig. Oben angekommen, waren schon zwei Schweizer Burschen da, die auf ihrem Gaskocher Wasser kochten und uns einluden, mit ihnen Kaffee zu trinken. Wieder eine tolle Überraschung! Ein herrliches zweites Frühstück bei schönstem Wetter, dazu weite Aussicht zu den Dolomitengipfeln mit zwei netten Burschen.

Über den Grasleiten Pass, vorbei an den markanten Vajolett-Türmen unternahmen wir noch einen Abstecher zum Rosengarten. Und dann ging es über die Roterdspitze, bis wir am Abend todmüde am Schlernhaus ankamen.

Am nächsten Tag wanderten wir zur Thierser Alp, die schon geschlossen war, und weiter an den Rosszähnen vorbei zur Seiser Alm und zum Friedrich-August-Weg. Den Plattkofel schenkten wir uns, und genossen lieber die Seiser Alm und die herrliche Aussicht, die vielen Blumen und vor allem die Edelweiß.

Gegen Abend erreichten wir die nette kleine Berghütte auf der Langkofelscharte, die Toni-Demez-Hütte.

Ein ganz liebes älteres Ehepaar begrüßte uns sehr freundlich. „Bon dì!" ...was so viel heißt wie „Grüß Gott" oder „Guten Tag"! Mit diesem Willkommensgruß wird man in den ladinischsprachigen Gemeinden begrüßt.

Nach einem guten Bergsteigeressen gesellten sich fünf Ladiner-Buschen zu uns. Sie sangen ganz wunderbar melancholische Lieder in ihrer Muttersprache, z. B. „La Villanella" oder „Les Flus de Munt", um nur einige zu nennen.

Ladinisch ist eine rätoromanische Sprache, die einige Worte und Laute enthält, die dem Italienischen und dem Latein ähneln. Es handelt sich um die älteste Sprache Südtirols, die in bestimmten, begrenzten Regionen in den Alpen gesprochen wird, für den Fremden oder Außenstehenden kaum verständlich, aber angenehm anzuhören beim Sprechen und vor allem beim Singen.

Als ich dann viele Jahre später mit meinen drei Nichten diese Tour wieder unternahm und ihnen von dieser schönen Berghütte vorschwärmte, in die wir kommen werden, waren wir alle enttäuscht. Es ging zwar inzwischen ein Sessellift zur Scharte hinauf, den wir dann doch mit unseren vier Rucksäcken in Anspruch nahmen, aber leider war die Hütte außen und innen ziemlich verwahrlost und rings um die Hütte sah es aus wie in einem „Saustall".
Meine Mädels fragten mich, ob wir denn unbedingt hier bleiben müssten. „Hier gefällt es uns nicht! Wir laufen lieber noch weiter zur Langkofelhütte". Das war eine gute Entscheidung.

Am 5. Tag ging es von der Langkofelhütte zum Berghaus Zallinger hinab nach St. Christina. Im Verkehrsamt erkundigten wir uns nach einem günstigen Quartier für eine Nacht; und da empfahl man uns eine Ferienwohnung für 4 Personen bei einer 90-jährigen Schnitzerin und ihrer Tochter. Sie schnitzten beide Köpfe als Weinflaschenverschlüsse. Es war interessant, ihnen beim Schnitzen zuzusehen, wie allmählich aus einem Stück Holz ein Kopf und ein Gesicht entstand. Mit den beiden Frauen verbrachten wir noch einen angenehmen, gemütlichen Abend...

Im Rückblick kann ich sagen, dass wir auf dieser Tour so viele glückliche Momente, viel herrliche Wege und Steige, traumhafte intakte Natur, tolle Aussichten und vor allem wunderbaren Menschen begegnet sind, so dass ich heute nach 65 Jahren immer noch davon schwärmen kann. Es waren fünf wunderschöne Tage mit unvergesslichen Eindrücken.

Maria und Bärbel

Schicksal oder Bestimmung?

An einem lauen Herbstabend – wir saßen gerade wieder in der Thorau-Hütte in fröhlicher Runde beisammen - bettelte der Weber Manfred alle Anwesenden, mit ihm an einem der nächsten Wochenenden zum Klettern zu fahren. Er wollte unbedingt noch in diesem Jahr die Laliderer Nordwand im Karwendel gehen. Er wiederholte immer wieder: „Da muss ich unbedingt heuer noch hin, das ist ein langgehegter Traum von mir, den will ich mir endlich mal erfüllen, bevor der Winter kommt."

Aber alle, die er ansprach, meinten, es sei schon zu spät im Jahr, die Kletterzeit für diese Wand beträgt 6 – 8 Stunden, und es wird jetzt erst spät hell und schon zu früh dunkel. Außerdem braucht man für den Abstieg durch die Spindler-schlucht auch noch viel Zeit, zudem schließt die Falkenhütte Mitte Oktober. Doch nach langem Hin und Her ließen sich endlich der Bernhard und der Herbert zu diesem Vorhaben überreden, und an einem der letzten Wochenenden im Herbst starteten die drei nach Hinterriß.
Doch die ersehnte Laliderer Nordwand wurde unserem Manfred zum Verhängnis; er stürzt nach nur etwa 4 Seillängen tödlich ab. Die Route, die Schmid-Krebs-Route war zwar damals mit

vielen alten Schlaghaken versehen, deren Baujahr und Zustand aber oft nicht sturztauglich waren. Und so ein alter Haken wurde ihm zum Verhängnis. Er hielt der plötzlichen Belastung eines Sturzes nicht mehr Stand. Seine beiden Kameraden konnten ihm damals leider nicht mehr helfen, so schwer verletzt war Manfred.

Laliderer Nordwand mit Falkenhütte

Wir waren alle sehr betroffen von dem Unglück und von seinem Tod zutiefst erschüttert. Oft dachten wir später darüber nach, ob sein Weg vorbestimmt war, ob es so sein musste...ob er deswegen so hartnäckig um das Unternehmen so spät im Jahr gekämpft hatte...

Aber das Leben geht weiter!

Trotz der Trauer in der Gruppe ging das Leben für uns weiter. So fand z. B. im Jahr darauf im Januar/Februar im Kurhaus von Ruhpolding wieder der traditionelle Bergwachtball statt. Und es war selbstverständlich, dass wir daran teilnahmen, denn wir alle meinten, dass der Ball ohne uns gar nicht stattfinden könne! Deshalb überlegten wir uns schon lange vorher unsere Maskierung, doch ob ich damals ein Cowgirl, eine Squaw oder ein Kasperl war, weiß ich heute nicht mehr sicher. Jedenfalls war's sehr lustig, und wir gingen erst gegen 6:00 Uhr früh nach Hause, müde, durchgeschwitzt und glücklich.

Gerne erinnern wir uns auch an die Faschingsbälle auf der Raffneralm. Nicht selten rasten wir nach dem Tanz bei Vollmond in voller Maskierung mit dem Schlitten ins Tal, schmissen dabei öfter um, verloren einen Teil der Maskierung, landeten in den Schneewehen und lachten Tränen.

Bei allen Touren, Hüttenabenden und Bällen muss man bedenken, dass wir damals noch am Samstag bis Mittag arbeiten und am Montag früh auch wieder fit sein mussten. Aber daran haben wir uns auch gehalten. Niemand hat sich am

Montag „krank" gemeldet. Das ließ die Moral in der Gruppe nicht zu – Ehrensache.

Bergwachtball

Was waren das doch früher für schöne lustige Faschingsbälle mit vielen gutgelaunten, kreativ maskierten Jungen und Alten im Kurhaus in Ruhpolding! Es spielten immer zwei Musikgruppen. Da hörte man eine bodenständige Trachtenkapelle mit Blasmusik, und eine andere Gruppe bot die damals aktuellen Schlager mit Akkordeon oder Konzertina, Gitarre, Schlagzeug, Kontrabass und Gesang. Man musste sich früh genug eine Eintrittskarte besorgen, denn diese Veranstaltungen waren immer schnell ausverkauft.

Auf diesen Bällen waren wir natürlich alle maskiert. Einmal hat jedoch unsere Mädchengruppe eine ungünstige Maskierung gewählt. Wir zwölf Mädchen verkleideten uns als Handwerksburschen unter dem Motto „Wir gehen auf die Walz vom Rheinland bis zur Pfalz".

Die Lisbeth war verkleidet als Wirt, die Susi als Doktor und die Traudl als Krankenschwester, die Heidi war der Gärtner, die Sieglinde ein Musikant, die Marianne ein Kaminkehrer mit schwarzem Gesicht, die Maria war ein Schuster mit Arbeitsschürze und die Ulla ging – mit Hobelspänen behängt - als Schreiner. So zogen wir gemeinsam in den vollbesetzten Saal mit einem Schild, auf dem unser Motto stand und stellten es auf den Tisch.

Wir waren so gut verkleidet und geschminkt, dass uns wohl kaum einer erkannte. Aber als dann der Tanz begann, merkten wir, dass gerätselt wurde, ob wir Burschen oder Mädchen sind. Da hat es lange gedauert, bis wir zum Tanzen kamen, denn welcher Bursch wollte schon mit einem anderen Burschen tanzen.

Bergwachtball Ruhpolding

So verschwand unsere anfänglich gute Stimmung nach und nach, und wir gestanden uns ein, dass wir uns falsch, zu männlich, verkleidet hatten. Doch endlich entdeckte der Herbert, ein Bergwachtler, wer sich hinter den Masken verbarg und unter großem Hallo wurden wir dann ständig zum Tanzen aufgefordert. Plötzlich waren wir dann die begehrtesten Mädchen des Abends und hatten vielen die Schau gestohlen.

Ein anderes Mal gingen wir mit unseren Bergfreunden zum Faschingsball. Es war damals so lustig, dass wir gar nicht heim wollten, als um zwei Uhr die Musik zum Spielen aufhörte.

Einstimmig beschlossen wir, noch in die Conrads-Klause, die mitten im Dorf lag, zu gehen, ein unterirdisches Nachtlokal mit guter Musik, schummriger Beleuchtung und bei Urlaubern sehr beliebt. Aber als dann da um vier Uhr die Musiker auch Schluss machten, zogen wir alle zum Lois in seine Schreinerwerkstatt und feierten ausdauernd weiter.

Übrigens ist eigentlich bei uns Mädchen nie viel Alkohol getrunken worden; wir konnten auch so lustig sein. Die Schwester vom Lois, die Susanne, hatte ein kleines Lebensmittelgeschäft gleich neben der Schreinerei und sperrte für uns um vier

Uhr früh ihren Laden auf. In dem kleinen Lebensmittelgeschäft haben die Burschen dann gut eingekauft, auch etliche Flaschen Wein, Würste, Käse, Fischdosen und Knabberei, damit wir beim Weiterfeiern nicht Verhungern oder Verdursten. Die Susanne meinte dann, dass es sich schon rentiert habe, mitten in der Nacht aufzustehen und den Laden zu öffnen...

Der Lois hatte in seiner Schreinerei einen Plattenspieler und der lief mit Freddy Quinn, Lolita, Ivo Robic und natürlich Elvis Presley und vielen mehr fast heiß. Die Lautstärke drehten wir bis zum Anschlag, sodass die ganze Schreinerei bebte und der Holzstaub von den Balken und Brettern fiel, alle Holzwürmer, Mäuse, Vögel und anderes Getier wohl fluchtartig das Terrain verließen. Dazu grölten wir Schlagertexte, sangen aber auch eigene Lieder aus unserem Wanderlieder-Repertoire. So ging es lustig weiter bis 6 Uhr früh. Dabei war kaum jemand müde und dachte ans Heimgehen.

Mich überfiel aber doch plötzlich eine so große Müdigkeit, sodass ich mich im Nebenraum in einen Haufen Holzspäne legte und einschlief. Das war ein Juchhe, als man mich da entdeckte. Damals hat mich die Bärbel gepackt, mir die Späne aus den Haaren geklaubt und wir sind lachend und müde nach Hause gelaufen und in unsere

Betten gefallen, nachdem uns meine Mama mit einem nassen Waschlappen noch das verschwitzte Gesicht abgewaschen hatte. Das war ganz fürsorglich von ihr, wir haben es uns auch gefallen lassen, sind sofort in einen komaähnlichen Schlaf gefallen und erst am Sonntag gegen Abend wieder aufgewacht. Schön war's!

Und am Montag stand ich um sechs Uhr wieder im Konsum und die Bärbel um acht Uhr in der Apotheke.

Was die Liebe schafft!

Obwohl er aus dem Vinschgau stammte und immer den Blick auf den höchsten Berg Südtirols, den hohen Ortler mit 3905 m, hatte, war Karl noch nie auf einem Berg. Bis zu seinem 30. Lebensjahr kannte er nur Arbeit und die Berge von unten. Aufgewachsen als Bub auf einem Bauernhof, musste er schon als Kind überall mit anpacken. Später lernte er das Bäckerhandwerk.

Er stand also in den frühen Morgenstunden bereits in der Backstube. Und wenn er Urlaub hatte – im Frühjahr und Herbst – gab es Arbeit in den Vinschgauer Apfelplantagen. Da mussten die überschüssigen Äpfel ausgezupft werden, und im September und Oktober waren die Äpfel zu

ernten. Da blieb keine Zeit für eine „sinnlose"
Bergtour, wie seine Eltern meinten.

Ich lernte Karl in Südtirol kennen, und es dau-
erte nicht lange, da nahm sich Karl – trotz aller
Arbeit - eine Woche frei, setzte sich auf seine
Vespa, fuhr nach Ruhpolding, um seine neue
Freundin, mich, die Maria, zu besuchen.

Es war an einem Samstag. Ich hatte mir schon einen Plan für uns beide überlegt. „Heute fahren
wir zum Wilden Kaiser und unternehmen eine
tolle Bergtour" – und Karl widersprach nicht, obwohl er nicht wusste, was auf ihn zukam.

Über Reit im Winkl, Kössen, Griesenau fuhren
wir mit dem Roller und noch weiteren sechs
Bergkameraden und Freundinnen bis zur Griesner Alm.

Von dort stiegen wir auf dem gut angelegten Serpentinenweg in 1 1/2 Stunden zum Stripsenjochhaus. Nach einem zünftigen Hüttenabend übernachteten wir im Matratzenlager und haben – eigentlich - ganz gut geschlafen. Am Sonntag früh sind wir dann über das Kopftörl zur Gruttenhütte gewandert. Das Kopftörl ist einer der vier hochalpinen Übergänge im Wilden Kaiser (neben Ellmauer Tor, Rote-Rinn-Scharte und Kleinem Törl). Diese Wanderung ist ein leichter Klettersteig, manchmal durch ein Seil gesichert, allerdings wird Trittsicherheit und Schwindelfreiheit vorausgesetzt.

Da war der Karl doch ganz deutlich gefordert, vielleicht auch überfordert. Aber er ließ sich nichts anmerken und hielt durch, auch wenn er am Ende froh war, wieder ebenen Boden unter den Füßen zu haben.

Von der urigen Gruttenhütte an der Südseite des Wilden Kaiser wanderten wir über Geröllhalden und Latschenfelder. Als wir auf den Jubiläumssteig trafen, schnaufte Karl schon hörbar, obwohl es eigentlich ein leichter Klettersteig mit Leitern, kleinen Brücken, Tritthilfen und, wenn notwendig, auch mit Seilen zum Festhalten war. Dann erreichten wir das imposante Ellmauer Tor, stiegen ab durch die Steinerne Rinne und kamen wieder bei der Griesner Alm an.

Als erstes ließ sich Karl ins Gras fallen und war froh, dass dieser Tag endlich vorbei war und er alles heil überstanden hatte.

Diese Rundwanderung ist wohl die meistbegangene Wanderroute im Wilden Kaiser. Wir alle haben diese Tour, die steilen Kalkwände des Kaisers, die fantastische Aussicht, das Super-Bergwetter genossen, nur Karl musste oft die Schweißperlen von der Stirn wischen, er hatte Ängste ausgestanden, war fix und fertig und gestand am Ende dieses Tages: „Nie mehr in meinem Leben geh' ich auf einen Berg!"

Verlobung von Maria und Karl
Paul, Karl, Maria, Bärbel, Anneliese, Wilfried

Aber das änderte sich bald. Nachdem er mit Sack und Pack ziemlich schnell bei mir eingezogen war, heirateten wir, und aus dem Karl wurde im Laufe der Zeit ein begeisterter Bergwanderer, der auf vielen Bergen vom Dachstein bis in die Schweiz und natürlich auch in seiner Heimat Südtirol unter manchem Gipfelkreuz stand.

Die „Kleine Reibn"

Als „Reib'n" bezeichnet der Berchtesgadener eine Runde, zu Fuß oder mit Schi. Die „Kleine Reib'n" ist vor allem im Winter als Schitour bekannt, ist aber auch im Sommer eine beliebte Bergtour. Höhepunkt ist die atemberaubende Aussicht vom Schneibstein Gipfelplateau. Der Blick schweift dabei vom kargen Hagengebirge über die unberührte Weite des Steinernen Meers, die berühmt-berüchtigte Watzmann-Ostwand zum saftigen Grün der Gemeinde Schönau am Königssee und zu den senkrecht abfallenden Südwänden des Untersberg. Der Aufstieg vom Königssee führt vorbei am Seeleinsee über zahlreiche saftige, grüne Almwiesen.

Es war ein herrlicher Spätherbsttag, dieser 3. Oktober. Das erste Mal wurde in Deutschland der „Tag der Deutschen Einheit" im Oktober gefeiert, bisher war dieser Feiertag der 17. Juni.

Wir nützten also wieder einmal einen Feiertag, um eine Bergtour zu unternehmen.

Die Wetterprognose war günstig; bestes Bergwetter war angesagt.

Es sollte ein Tagesausflug in die Berchtesgadener Berge werden, und wir starteten in aller Frühe, um den Tag vor uns zu haben. Die erste Enttäuschung erhielten wir, als wir an der Talstation zum Jenner ankamen. Dort hieß es: Ab 1. Oktober fährt die Bahn erst um 8 Uhr und das letzte Schiff geht bereits um 17 Uhr vom Obersee ab. Also mussten wir eine Stunde sinnlos warten, bis wir mit der Bahn zum Jenner hochfahren konnten. Für die Tour hatten wir eine Gehzeit von ca. 6 - 7 Stunden eingeplant. Wir durften also nicht bummeln.

Von der Bergstation der Jennerbahn war es dann eine angenehme Wanderung über den Schneibstein und Seeleinsee. Unterwegs machten wir Brotzeit und fanden dort ziemlich viele Edelweiß. Zum Fotografieren entdeckten wir immer wieder ein schöneres, ein noch schöneres und ein allerschönstes. Man musste aber beim Fotografieren mit den Bildern haushalten, denn auf jedem Film waren maximal 24 bzw. 36 Bilder. Und da überlegte man sich bei jedem Foto, ob es nicht doch ein noch schöneres und besseres Motiv gibt. Da war die Entscheidung beim dortigen Edelweiß-Angebot nicht einfach! Heute spielt die Menge an Bildern, ob gut oder schlecht, auf den Chips der Kamera oder des Handys keine Rolle mehr. Weglöschen geht immer und immer wieder.

Mittags wollten wir eine kleine Ruhepause einlegen, aber wir schliefen schnell ein und wachten erst am Nachmitttag wieder auf. „Oh, je! Jetzt müssen wir aber schnell weitergehen, damit wir das Schiff um 17 Uhr noch erreichen!" trieb ich an. Oben auf dem Berg ging es flott dahin, da gibt es keine Bäume, nur Latschen. Das Problem kam erst beim Abstieg unterhalb der Baumgrenze, denn trotz schönem Wetter war der Boden feucht und nass. Trotzdem musste die Sicherheit das erste Gebot bleiben, denn auf dem Weg lag überall nasses Laub; das war ideal zum Ausrutschen, Fallen und sich Verletzen! Also: Keine Hektik und gut aufpassen!

Als wir endlich zum Obersee blicken konnten, sahen wir das Schiff gerade auslaufen, so dass es nur zu Fuß weitergehen konnte. Doch allmählich kam der Abend. Aus einer Eintagestour musste notgedrungen eine zweitägige werden, und eine ungeplante Übernachtung im Freien stand uns also bevor. Wir waren aber nur leicht bekleidet und hatten auch im Rucksack nichts Passendes für eine bereits kühlere Oktobernacht am See dabei.

Außerdem wäre es unmöglich gewesen, nochmal zur Gotzenalm aufzusteigen.

Aber wir hatten Glück, denn da, wo früher nur ein einfacher Tages-Kiosk war, stand jetzt eine kleine Wirtschaft. Und die netten Wirtsleute nahmen uns freundlich auf. Wir bekamen sogar noch ein gutes Abendessen und auch ein solides Matratzenlager. Das war schon eine glückliche Fügung bei aller Umplanung!

Ich konnte von dort aus sogar die Verkäuferin in unserem Reformhaus anrufen und sie bitten, dass sie am nächsten Morgen um 8 Uhr das Geschäft öffnen und einige Bestellungen durchgeben möchte.

Vor dem Schlafengehen meinte der Wirt noch, dass es wohl fraglich sei, ob am nächsten Vormittag überhaupt ein Schiff kommt, denn der Wetterbericht sei ganz schlecht.

Doch am nächsten Morgen kam wirklich um zehn Uhr ein Schiff. Es war bereits mit Urlaubern voll besetzt, denn in der Zeit war unsere Gegend überschwemmt mit Bürgern aus der ehemaligen DDR, die nach der Wende die neue Freiheit zu ersten Ausflügen und Besuchen in den bisher für sie unerreichbaren Alpen nützten. Und da stand die reizvolle Gegend um den Königssee natürlich an erster Stelle.

Doch wir wurden vom Schiff mitgenommen, auch wenn es nur noch Stehplätze gab.

Auf der Fahrt über den See kam plötzlich Unruhe auf: Jemand hatte auf dem Wasser einen großen Kahn entdeckt, in dem vier Männer saßen, in fescher bayerischer Tracht mit Trachtenhut und Gamsbart. Und zudem befand sich auch noch Rudi Carell im Boot! Die Gruppe wurde von einem weiteren kleinen Boot von einem Kamerateam für irgendeine Serie im Fernsehen gefilmt. Das war natürlich aufregend und ließ die herrlichen Berge und das „Echo vom Königssee" fast völlig vergessen. Alle Passagiere auf dem Schiff strömten auf eine Seite, riefen durcheinander „Hallo, Rudi, Rudi, Rudi!", winkten, bestaunten und fotografierten die für die Dreharbeiten besonders herausgeputzten „Trachtler" und den ihnen bekannten niederländischen Fernsehstar. Manche Passagiere, die keinen Platz vorne an der Reling ergattert hatten, stiegen sogar auf die Bänke und Tische, um noch mehr zu sehen. Das war halt damals eine kleine Sensation, auch wenn unser Schifflein wegen der Gewichtsverlagerung schon bedenklich schief im Wasser lag.

Wir zwei „Federgewichte" begaben uns zwar in guter Absicht spontan zum Ausgleich auf die andere Seite und hofften so, das Schiff vielleicht wieder ins Lot bringen zu können - aber das war natürlich utopisch und erfolglos.

Nach glücklicher Ankunft an der Anlegestelle waren wir froh, dass das Schiff nicht gekentert war. Außerdem ließen die vielen so unterschiedlichen Erlebnisse zwischen Bergen, Edelweiß, glatten Wegen, netten Wirtsleuten, Nachtlager, schwankendem Schiff, Trachten und Fernsehstar auf dieser „Kleinen Reibn" ganz vergessen, dass es plötzlich gussnieder regnete und wir tropfnass am Auto ankamen. Doch bereits am Nachmittag konnten wir wieder im Reformhaus unserer Arbeit nachgehen.

Karl, Maria, Bärbel

Marias Bettgeschichten

Das Reformhaus in Ruhpolding war unser Lebensinhalt und wir mussten schauen, dass wir die Feiertage nützten, um ein paar zusammenhängende Urlaubstage zu bekommen. Der Feiertag Maria Himmelfahrt fiel auf einen Mittwoch, so planten wir eine 5-tägige Bergtour. Unsere Verkäuferin Luise versprach, mit ihrer Freundin Gertrud diese zweieinhalb Arbeitstage das Reformhaus zu übernehmen. Wir hatten alles gut vorbereitet, und sie brauchten nur zu verkaufen. So erfüllten wir uns den lange ersehnten Wunsch, eine Bergtour nach Südtirol in die

Brenta mit unseren Freunden Katharina und Gerhard zu unternehmen.

Einen Tag vor der Abreise sagte uns Katharina, dass ihre Freundin Marianne auch mitfährt. Am Dienstag abends packte ich unsere beiden Rucksäcke, richtete die Bergschuhe - schön geputzt – zurecht und bat meinen Mann Karl, die Schuhe gleich zum Auto zu bringen – was er aber leider nicht tat. Wir fuhren also am Mittwoch um 4 Uhr früh zu fünft mit unserem VW Käfer los.

Nach Kufstein fiel dem Karl ein, dass die Bergschuhe noch auf dem Balkon stehen. In Bozen konnte ich mir von guten Freunden ein Paar Schuhe leihen, und der Karl musste sich tatsächlich ein Paar neue kaufen.

Als wir am Nachmitttag in der Brenta auf die Tucketthütte kamen, war die Hütte überfüllt und wir bekamen kein Nachtlager mehr. Der Hüttenwirt aber sagte: „Bleibt's nur da. Ihr werdet schon irgendwo a Platzerl finden". Also fanden wir uns damit ab, im Gastsaal auf dem Boden zu übernachten. Als ich abends ging, um uns ein Getränk zu kaufen, traf ich hocherfreut und überrascht unsere Freundin Elisabeth, die zufällig auch diese Tour geplant hatte. Sie hatte noch vor uns ein Doppelzimmer bekommen. Sie bot mir ein Bett an und so schlief sie mit ihrem Mann in einem Bett und das zweite überließen sie Karl und mir. So ein Glück! Auch wenn es ziemlich eng zuging!

Rifugio Tuckett (2268 m)

Am nächsten Tag stiegen wir einigermaßen ausgeschlafen in den neu ausgebauten Bocchette Klettersteig, ein besonders schöner Felsen-Höhenweg. Acht Stunden Fels auf und Fels ab, aber immer gut gesichert durch Haltseile. Zwischendurch war die Strecke mit Eisenleitern ausgestattet, und wenn man einen Blick nach unten warf, konnte es einem schon schwindlig werden. Vor dem Gletscher zur Brenta-Hütte machten wir Halt. Dann rutschten Karl und ich den Gletscher mehr auf dem Hintern als auf den Füßen hinunter, um ein Nachtquartier zu besorgen. Aber auf halber Strecke trafen wir ein Ehepaar, das berichtete, dass niemand mehr ins Haus gelassen wird; es sei bereits überfüllt. Also stiegen wir beide, teils auf allen Vieren, wieder den Gletscher hinauf zu Katharina, Gerhard und Marianne. Wir beschlossen, über den Sattel zur Predrotti Tosa Hütte zu gehen. Aber auch hier war alles überfüllt. Nicht einmal ein Matratzenlager war zu bekommen. Aber auch hier gestattete uns der Hüttenwirt, wenigstens hier zu bleiben und uns im Gastraum auf dem Boden einen Platz zu suchen.

Wieder war ich abends unterwegs, um uns ein Getränk besorgen, als ich eine Frau traf, die zu mir sagte: „Ich gebe ein Bett zurück. Unsere zwei Betten sind in zwei verschiedenen Zimmern. Ich schlafe lieber mit meinem Mann in einem Bett als alleine." Gleich erwiderte ich: „Bitte verkaufen sie es mir".

Also hatten Karl und ich wieder das Glück, ein Bett zu ergattern.

Wie ich meinen Bruder,
den Jägerlehrling, besuchte

Es war Anfang Mai 1959. In Ruhpolding ist Frühling, die Bäume tragen ihr frisches Maigrün, es blüht auf den Wiesen, und die Knospen am Flieder beginnen aufzubrechen.

Mein Bruder Rudi war im ersten Lehrjahr als Berufsjäger bei seinem Lehrmeister, dem Weber Sepp, im Jagdhaus in Brandl. Diese Jagd im Karwendel gehörte dem Großherzog von Luxemburg, der die lange Familientradition pflegte und dem die Jagd zur Regulierung des Wildbestandes in seinen Ländereien diente.

Ich wollte also meinen Bruder besuchen. Voll Freude fuhr ich mit dem Zug von Ruhpolding über München nach Mittenwald. Ich schleppte einen vollgepackten Rucksack und links und rechts noch zwei schwere Taschen, die hauptsächlich mit Lebensmitteln bestückt waren. Unsere Mutter hatte tüchtig eingekauft, vorgekocht und gebacken, damit unser Rudi nicht „verhungert".
Rudi holte mich vom Bahnhof ab. Er schulterte meinen schweren Rucksack, schnappte sich die zwei großen Taschen, und so wanderten wir etwa drei Stunden bergauf über die Vereinsalm

150

durch Wälder und Wiesen. Er nannte mir die Namen der umliegenden Gipfel und Besonderheiten seiner neuen Heimat, aber ich konnte mir die vielen Namen und Informationen gar nicht merken. Aber ich hatte das Gefühl, mein Bruder fühlt sich in seiner neuen Umgebung wohl und es gefällt ihm.

Wo der Schnee weggetaut war, blühten die ersten Frühlingsblumen und streckten sich der Sonne entgegen. Besonders beeindruckt haben mich die vielen, vielen Aurikel mit ihrer frischen gelben Farbe. Manche Hänge waren übersät mit diesen Schlüsselblumen und strahlten in leuchtendem Gelb.

In diese Ruhe und Beschaulichkeit hinein ertönte ab und zu ein beängstigendes, lautes Getöse und Gepolter. Rudi erklärte mir: „Jetzt ist wieder eine Lawine ins Tal gedonnert. Das sind Nass- oder Gleitschneelawinen, die es besonders in Frühjahr gibt." Aber mit meinem Bruder an der Seite hatte ich keine Angst. Als wir höher kamen und uns der Jagdhütte näherten, mussten wir den letzten Teil des Weges im Schnee stapfen.

Im Jagdhaus angekommen, stellte mein Bruder den schweren Rucksack und die beiden Taschen ab. Sein Lehrherr, der Sepp, begrüßte mich freundlich. Sepp war ungefähr 45 Jahre alt, schlank, hatte einen gutmütigen, schelmischen Zug um die Augen und strahlte eine besondere Ruhe und Gelassenheit aus, wie man sie bei Menschen, die mit der Natur verbunden sind, häufig finden kann.

Jetzt aber meinte er, dass er und Rudi sofort zur Hirschfütterung müssten, weil diese Fütterungen immer zu ganz festen Zeiten stattfinden; daran waren die Tiere gewöhnt. Rudi sprang in seine alte Jägerhose, zog sich die Joppe über und schon rannten die beiden nach draußen. Und ich sollte ihnen vom Fenster aus zusehen.

Schlaue Tiere!

Die Hirschfütterung fand rund ums Jagdhaus statt, sodass Sepp und Rudi gleich mit der Fütterung beginnen konnten. Sie warfen Heu auf den Boden, dazu kamen Eicheln, Kastanien, Rüben, Kartoffeln und Getreide in die Tröge. Dann dauerte es nicht lange und aus dem Wald kamen nach und nach wohl 40 - 50 Stück Rotwild. Da waren große, majestätische Hirsche mit prächtigem Geweih, junge Kälber, erfahrene Alttiere und natürlich die männlichen Junghirsche, Spießer genannt. Ich staunte über die vielen Tiere, die wohl schon auf die Fütterung gewartet hatten und nun ohne Scheu aus den umliegenden Wäldern auftauchten. Vor allem fielen mir die imposanten Rothirsche auf, die bei einer Schulterhöhe bis zu 160 cm an die 200 kg wiegen können. Sepp und Rudi bewegten sich ruhig und ohne Hast inmitten des Rudels. Das Wild akzeptierte die beiden und nahm natürlich vor allem die Fütterung gerne an. Ein ausgewachsenes Tier braucht nämlich täglich bis zu 20 kg Futter, da kann man sich schon vorstellen, dass die beiden tüchtig zu tun hatten.

Sepp und Rudi kannten alle prächtigen Hirsche und hatten ihnen sogar oft Namen gegeben. Ich erinnere mich, dass ein stolzer 16-Ender „Chef" hieß, ein anderer mit einem hellen Fleck auf der

Brust hieß ganz liebevoll „Edelweiß" und einer hatte sogar den Namen „Schisser", weil er immer erst aus dem Wald kam, wenn die anderen schon ziemlich satt waren.

Man kann sich gut vorstellen, dass dieses Erlebnis, eine Wildfütterung in unmittelbarer Nähe zu sehen, für mich einen bleibenden Eindruck hinterließ, obwohl ich ja nur vom Fenster der Jagdhütte aus zuschauen durfte!

Aber eine Woche später traute ich mich, Sepp zu fragen, ob ich auch mal direkt bei einer Fütterung dabei sein darf. Der Sepp hatte zwar Bedenken, wollte mir jedoch den Wunsch nicht abschlagen und willigte dann aber doch ein mit der Auflage, dass ich alle Kleidung vom Rudi anziehe, auch die Unterwäsche. Gesagt, getan – nun roch ich genauso wie der Rudi und ging als „Rudi" mit dem Sepp zum Füttern, half ihm Heu auf den Boden zu werfen und die Tröge zu füllen. Aber es kam kein einziges Tier aus dem schützenden Wald heraus. Warum nur? Sie mussten doch da sein! Sie mussten doch Hunger haben!

Da schickte mich der Sepp wieder ins Haus, und sofort, nachdem ich als „unechter Rudi" verschwunden war, strömte das Wild aus allen Richtungen zum Heu und an die Futtertröge.

Man sollte es nicht glauben! Auch hungriges Rotwild lässt sich nicht hinters Licht führen. Lag es am Geruch? Lag es an meinen Bewegungen? Lag es an meiner Größe oder dass ein weibliches Wesen in Rudis Gewand steckte? Jedenfalls: Bewundernswert die Beobachtungsgabe, der feine Geruchssinn oder das intuitive Gespür dieser Tiere für Veränderung!

Spektakel
an einem eiskalten Frühlingsmorgen

Ich blieb 14 Tage beim Rudi und beim Sepp im Jagdhaus. Größere Wanderungen waren aber nicht möglich, weil auf den Bergen noch zu viel Schnee lag.

„Morgen musst früh aufsteh'n, wir nehmen dich mit zur Auerhahnbalz", versprach mir der Sepp am Abend. Das war schon ein besonderes Angebot, und ich freute mich riesig auf den nächsten Morgen und war gespannt, was der Tag für uns bereithalten würde.

Sepp erklärte seinem Lehrling Rudi und mir, dass die Balz des Auerwilds von April bis Juni dauert. Und wir erfuhren noch mehr: Der Balzgesang eines Hahnes teilt sich in Strophen, eine Strophe dauert etwa 6 Sekunden, sie beginnt mit dem Knappen des Schnabels, dann folgt ein Trillern, das sich zum sogenannten Hauptschlag wandelt und schließlich mit dem Wetzen oder auch Schleifen endet. Das waren die Fachausdrücke des Jägers. Ich konnte mir zunächst unter diesen Begriffen wenig vorstellen, aber sie machten mich neugierig. Sepp erzählte noch, dass der Auerhahn in seiner auffälligen Haltung, dem zum Rad aufgefächerten Schwanz und dem hochgestreckten Kopf während des Schleifens nicht nur taub, sondern auch sehr aggressiv sein kann. Viele Wanderer berichteten, dass sie von angriffslustigen Hähnen attackiert wurden, wenn sie ihr Revier betraten. Deshalb gilt es, morgen vor allen Dingen keinen Lärm zu machen und - wenn wir einen balzenden Hahn entdecken – sich möglichst unauffällig zu verhalten.

Wir drei marschierten vor Tagesanbruch bei Dunkelheit und eisiger Kälte über apere Stellen bergan, aber wir mussten auch hart gefrorene Altschneefelder überqueren, was nicht ganz ungefährlich war.

Der Sepp wusste genau, wo so ein Auerhahnrevier mit einem Balzplatz lag. Wir erreichten die lichte Stelle im Wald, versteckten uns unter einer mächtigen Fichte, deren Äste bis zum Boden hingen. Das hatte einerseits den Grund, unentdeckt zu bleiben aber vor allem auch sicher zu sein vor eventuellen Angriffen eines balzenden Hahnes, denn seine Schnabelhiebe sind sehr schmerzhaft und sein ganzes Verhalten kann schon Angst einflößen.

Im Versteck hieß es nun warten, warten, ganz stillsitzen, nicht reden, nicht laut schnaufen oder gar husten. Auf die baumlose, freie, halb mit Schnee und halb mit Gras bedeckte Fläche kamen vorsichtig drei Hennen. Kurz darauf tauchte plötzlich auch ein Auerhahn auf. Er hatte ein prachtvolles, blaugraues Federkleid mit grünlich schimmerndem Kopf und braunen Flügeln. Besonders auffällig waren für mich auch noch die roten „Balzrosen" über den Augen, die wohl neben den Gesängen als zusätzliches, optisches Signal für die unauffälligere, viel kleinere, bräunliche Henne dienen sollen. Mit aufgestelltem Rad und abgespreizten Flügeln, die fast den Boden berührten und hochgerecktem Kopf rannte er mit kleinen Trippelschritten über die Lichtung, blieb wieder stehen, drehte sich im Kreis, plusterte seine Halsfedern auf und präsentierte seinen „Balzgesang". Das waren also die „Gesänge", von denen der Sepp gesprochen hatte! Doch nach schönem Gesang hörte sich das wirklich nicht an, eher nach einem aufgeregten Glucksen und manchmal einem Gurgeln, das da aus seinem harten, hochgereckten Schnabel kam! Man sagt, dass der Auerhahn durch seinen hohen Testosteronspiegel in seiner Balzphase oft fast blind und taub ist und auch Menschen gegenüber ohne Scheu aggressiv sein kann.

Ja, es war wirklich ein faszinierendes Schauspiel, und ich hätte Gefallen an dieser Vorstellung gehabt, wenn ich unter dieser Fichte mit den dichten Zweigen auf dem hartgefrorenen Boden nicht so erbärmlich gefroren hätte!

 Die beiden Männer konnten sich nicht sattsehen und waren begeistert von dieser Balzvorstellung. Mir war aber so bitterkalt; ich fror, meine Füße und Hände wurden steif, mein Rücken schmerzte vom gekrümmten Hocken, meine Nase fing an zu laufen und ich durfte ja auf keinen Fall niesen, die Kälte kroch in meinen ganzen Körper. Mir gefiel allmählich die beste Balz-Show nicht mehr; ich wollte eigentlich nur noch zurück in die Jagdhütte in eine warme Stube. Aber ich musste ausharren, bis der Auerhahn „ausgebalzt" hatte. Erst dann konnten wir aus unserem Versteck kriechen.

Ich dachte mir, dass ich nie wieder bei einer Auerhahnbalz dabei sein möchte und habe diese Unternehmung auch nie wiederholt, obwohl ich mir damals zum Glück keine schlimme Erkältung geholt habe. Aber nach all den Jahren bleibt von diesem Abenteuer in der Erinnerung nur ein ganz besonderes Geschenk und ein sehr seltenes, einmaliges Erlebnis, das mir der Sepp und mein Bruder in unseren Bergen ermöglicht hatten,... und die Kälte jenes Morgens verschwindet ganz aus der Erinnerung.

„Ganz in der Näh' a Schuss!"

Diese Anekdote ist abgedruckt in der Altbayerischen Heimatpost unter der Rubrik
„Jagern im Gebirg".

Prinzessin Liliane de Rethy,
und Rudi Kofler, Jäger in Hinterriß

Zur Information:

Die Jagd im Karwendel: Das ganze Rißbachtal, einschließlich Karwendeltal und Bächental war bis zum 2. Weltkrieg ein Jagdgebiet und gehörte den Herzögen von Coburg-Gotha. Nach dem Krieg und während der französischen Besatzung jagten hier französische Generäle. Dann pachtete der belgische König Leopold die Jagd für seine Frau Prinzessin Liliane de Rethy.

Nun zur Wilderergeschichte vom Rudi, in seiner Mundart

Es war Anfang der Sechzger Jahr. I war no a Berufsjager-Lehrling im letztn Lehrjahr in Hinterriß. Für die königlich belgische Jagdgesellschaft, die grad in unserer Gegnd war, sollt i Rotwild ausmacha.

I sitz mit meim Hund im Gras am Rhonberg, ned weit vo da Rhon-Alm, da fallt ganz in da Näh a Schuss. Zerscht wollt i sitzn bleim, weil der, der gschossn hat, hätt in der Gegend sowieso bei mia vorbei müassn. Aba mei Hund, der recht schussnarrisch war, hat den Gams wahrscheinli scho in da Nasn ghabt und hat Laut gebn. Und wia da Wilderer den Hund ghört hat, hat er z'renna ogfangt. I hab eam ned gseng, aba sein Renna ghört.

161

I fang glei a s Laffa nach eam o und sieh grad no, wia oana in d Almhüttn dort neirennt. Wia i hikemma bin, war d Tür offn. Vorsichtig geh i nei: Es hoggn drei Manna drin und oana hat no fest gschnauft. I frag den, der so gschnauft hat, ob er grad in d Hüttn grennt is. Er hat natürli „Naa" gsagt. Dann frag i alle, ob s den Schuss ganz in da Näh gehört ham. Natürli sagns, sie ham nix ghört. Und i konn nix macha.

Am nächstn Tag hob i a paar österreichische Kripobeamte troffen, die als Personenschutz dabei waren, wenn die hohen Herrschaften beim Jagen in Hinterriß unterwegs warn. Oam hob i von dem Schuss erzählt und mir san glei am nächstn Tag zu dem Platz ganga, wo der Schuss gfoin is. Mia finden a glei den Aufbruch und danebn an Bergstecka. Den hab i mitgnomma. Dann san mia mit dem Bergstecka zu der Almhüttn ganga. Heit hockn da fünf Almleut drin und a Küahbua. Da Beamte fragt laut: „Wem gehört der Stecken?" Darauf ruft da kloane Küabua: „Des is am Veit sei Stecka, den kenn i!" Der Beamte hat dann den Veit, der ganz rot im Gsicht gwordn is, vernomma und der hat glei gstandn und hat uns a den Gams zoagt, der wo no am Bam gehängt is. Dann sagt der Beamte zum Veit, dass a Anzeig und a a Verhandlung am Gericht in Innsbruck folgen wird und i als Zeuge gladn werd. Da hat da Veit gschluckt!

Nach zwoa Monat kriag i wirkli a Vorladung als Zeuge zum Tiroler Landesgericht wegen dem Veit und dem Gams. Da Veit hat als Angeklagter natürli a hi miassn. I hab damals als Jaga-Lehrling bloss a Radl ghabt und net gwusst, wia i nach Innsbruck kemma soll.

Da treff i in Hinteriß an Veit. I frag, wia er nach Innsbruck kimmt. „Mit meim Motorradl", sagt da der Veit. Fragt mi da Veit: „Und wia kimmst du nach Innsbruck?" „I woaß no ned." Dann sagt da der Veit zu mir: „Konnst mit mir mitfahrn. Ist doch a guats Gspann, da Angeklagte und da Zeuge auf oam Motorradl!"

I bin dann wirkli hint drom mit eahm auf Innsbruck gfahrn.

Da Veit is zu 1000 Schilling Geldstraf und 3 Monat auf Bewährung verurteilt worn; des war net vui und zu der Zeit ungefähr die übliche „Taxe" für an gwuidadn Gams. Und da Veit war zfriedn.

Dann samma mitanand aufm Motorradl wieda nach Hinteriß hoam gfahrn, da Wuidarer und da Jager...und ois hat wieda passt...

Zu dieser Geschichte erzählt Maria:

Einige Monate nach diesem Vorfall fuhr ich wieder einmal von Südtirol mit dem Zug heim nach Ruhpolding. Es waren fünf nette Mitfahrer im

Abteil und ich bot an, uns gegenseitig vorzustellen und zwar mit dem Spiel „Was bin ich". Diese Sendung war damals im Fernsehen mit Robert Lembke sehr beliebt. Alle Mitfahrer waren sofort einverstanden. Jeder musste aus seinem Beruf eine kleine Begebenheit erzählen. So lernten wir ganz interessante Leute kennen. Ein Mitfahrer war Richter in Innsbruck und erzählte: Vor einiger Zeit hatte er um 10 Uhr eine Wilderer-Verhandlung. Es waren jedoch um 10:15 Uhr weder ein Wilderer noch ein Kläger erschienen. Da ging er kurz aus dem Gerichtsgebäude ins Freie und zu seinem Erstaunen sah er, wie zwei Männer auf einem kleinen Motorrad gerade in den Hof fuhren. Der Wilderer und der Jäger. „Ja", sagte ich, „der Jäger war mein Bruder". Das war für uns sechs wieder ein Grund zum Lachen. Zufälle gibt's!

Rudi und Maria in Hinterriß

Ulla erzählt

Erstmals am Seil...und was bleibt

Ein besonderes Ersterlebnis verschaffte mir Bärbel, weil sie mich damals zu einer echten Klettertour im Fels und am Seil mitgenommen hat, obwohl mir hier jede Erfahrung fehlte.

Der Mitterkaiser liegt im Herzen des Wilden Kaiser. Ausgangspunkt für eine einfache Kletterroute ist die Fritz-Pflaum-Hütte. Von der Hütte aus quert man waagrecht nach Norden auf einem breiten Steig durchs Geröll zu einer gut sichtbaren Rinne. Diese führt hinauf zu den Latschenhängen oberhalb. Ab hier ist der Weg ziemlich deutlich markiert und führt erst auf den Vorgipfel und dann zum Grat oder links davon nach Norden zum Hauptgipfel. Die Bergtour erfordert Schwindelfreiheit und Trittsicherheit sowie die Bewältigung von wunderschönem, leichtem Felsgelände im I. bis maximal II. Schwierigkeitsgrad.
Und das war für mich die erste Klettertour, zu der mich Bärbel als damals schon erfahrene, junge Bergsteigerin und Kletterin ans Seil mitgenommen hat.

Ich weiß nicht mehr viel von der für mich so neuen Kletterei am Seil, weil ich wohl zu konzentriert auf das Geschehen war, außer, dass ich ganz schön vor Anstrengung, Konzentration, aber wohl auch aus Angst, geschwitzt habe und immer von Bärbel ermuntert und zum nächsten Griff im Fels geleitet wurde. In Erinnerung ist mir aber doch vom Auf-und Abstieg geblieben, wieviel Zuversicht, Vertrauen und Sicherheit sie mir durch ihr Können, durch ihre Hilfe, das Zureden und die Sicherung durchs Seil, das uns beide verband, geben konnte. Das war großartig!

Besonders stark haftet aber in meiner Erinnerung der herrliche Rundumblick vom Gipfel des Mitterkaisers ins Griesner Kar und auf die sich dahinter öffnende Felsarena mit den Törltürmen, den Regalptürmen, mit der imposanten Ackerlspitze, den Felswänden vom Predigtstuhl und der Goinger Halt. Diese Bilder vergesse ich nie! Auch spüre ich noch immer den Stolz, der mich auf dem Gipfel erfüllte, dass ich es mit Bärbels Hilfe geschafft hatte, da oben zu stehen.
Auch heute noch kann ich mir sehr gut vorstellen, dass ich damals ein bisher nie dagewesenes Hochgefühl in mir verspürte, zum einen, weil ich auf dem Gipfel gestanden bin und dass ich es geschafft hatte und auch deshalb, weil ich meine Freundin Bärbel nicht enttäuscht hatte, die mich zu der Tour eingeladen hatte. Es kann auch sehr

gut sein, dass damals der Grundstein gelegt wurde für meine Liebe zu den Bergen. Ich bin zwar nie richtig am Seil geklettert, aber jahrelang habe ich die Dolomiten für Bergtouren besucht. Die vielen Klettersteige dort haben es mir angetan, eine Alternative zum Klettern mit Seil im schweren Fels. Wunderbar!

Aber auch am Wilden Kaiser habe ich danach noch mehrere Touren gemacht. Jedoch wurde er mir vor genau 15 Jahren zum Verhängnis. Davon erzähle ich in der nächsten Geschichte.

Rettung mit dem Hubschrauber

Mit Bärbel hatte ich – wie erzählt - mein erstes großes Bergerlebnis im Wilden Kaiser und ich bin auf den „Geschmack" solcher Unternehmungen gekommen. Seitdem habe ich immer wieder Touren dorthin unternommen, z. B. in die Steinerne Rinne oder zur Elmauer Halt. Immer war ich begeistert von der herrlichen Natur, den schroffen Felsen, dem weiten Blick in meine Heimat, und die persönliche Herausforderung prägten mich.

An einem wunderschönen Novembertag war ich mit meinem Schwager Max unterwegs von der

Wochenbrunner Alm, wo wir das Auto abstellten, zur Gaudeamushütte und dann über den Jubiläumssteig. Der Jubiläumssteig im Wilden Kaiser führt von der Gruttenhütte zum Kübelkar und von dort weiter zum Ellmauer Tor. Es geht über Leitern, kleine Brücken und Tritthilfen und, wo notwendig, ist dieser Weg immer wieder, aber nicht durchgehend, mit Seilen gesichert. Trotzdem ist dieser landschaftlich großartige Weg cin ausgesetzter Klettersteig, der Trittsicherheit und Schwindelfreiheit erfordert und manchmal nicht ungefährlich ist.

In dieser Jahreszeit und bei herrlichem Wetter waren damals viele Wanderer unterwegs, und man musste vor allen Dingen bei „Gegenverkehr" auf dem schmalen, manchmal glatten, felsigen, immer wieder auf und ab führenden Pfad sehr aufpassen und durfte sich nicht ablenken lassen. Und genau bei einer solchen Situation, bei der ich einigen Bergsteigern, die bergwärts gingen, ausweichen wollte, passierte es: Wohl durch einen Stein, der unter meinem Schuh wegrollte, stürzte ich, saß aber aufrecht auf meinem Hinterteil. Doch der linke Fuß war bei dem Sturz mit solch großer Wucht auf den Felsen geprallt, dass ich mich nicht mehr aufrichten konnte. Nach dem ersten Schock wurden die Schmerzen an beiden Seiten des Fußgelenks unerträglich; ich konnte auch den Fuß nicht bewegen, jeder

Ruck erzeugte neue Schmerzen, und an ein Aufstehen war nicht mehr zu denken, außerdem schwoll der Fuß zunehmend an. Max und ich waren ratlos und überlegten, was wir jetzt tun könnten; doch wir waren eigentlich hilflos. Damals gab es, wie schon mehrmals erwähnt, noch kein Handy, mit dem man einen Hilferuf absetzen hätte können.

Zum Glück kam zufällig ein Mann von der Bergwacht auf dem Weg daher. „Ich bin der Simon von der Bergwacht Kössen. Was ist passiert? Kann ich dir helfen?" Er beruhigte mich zunächst und mit gekonnten Blicken und mit einigen Handgriffen an meinem Bein stellte er relativ schnell fest, dass das Fußgelenk wohl gebrochen sei. Das war natürlich keine gute Botschaft; mir war wohl auch wegen der Schmerzen ganz schlecht und zum Weinen zumute, aber ich war sicher, dass ich dem erfahrenen „Bergwachtler" voll vertrauen konnte.

Er war glücklicherweise damals schon mit einem Funkgerät ausgerüstet. Damit verständigte er die Einsatzstelle der Bergwacht in Kitzbühel, schilderte den Unfall und forderte einen Rettungshubschrauber an. Schon allein sein Kümmern und sein Funkgespräch ließen mich ruhiger werden. Trotzdem hockte ich da auf dem schmalen Steig und dem nackten Fels wie ein

Häufchen Elend, und Max saß bedrückt neben mir und konnte mir nicht helfen. Wir konnten nur warten und hoffen. Und die Minuten krochen sehr langsam dahin. Aber mein Retter versicherte mir, dass er die Zentrale der Rettungsleitstelle erreicht habe und dass ein Hubschrauber zur Rettung kommen werde. Das beruhigte mich gewaltig!

Irgendwann vernahm ich dann endlich das Geräusch eines Heli, und Simon war sicher, dass der zu mir kommt. Da schöpfte ich wirklich Hoffnung und freute mich. Und dann sahen wir ihn auch schon im Anflug über der Gruttenhütte. Ich war sehr erleichtert über die nahende Rettung, doch über das weitere Procedere machte ich mir zunächst wenig Gedanken. Aber Simon, mein Retter von der Bergwacht, erklärte mir, wie alles ablaufen wird: Zuerst versucht der Pilot den Unfallort ausfindig zu machen und möglichst nah anzufliegen, denn eine Landung zwischen Felsen war nicht möglich. Er musste also über mir in einer bestimmten Höhe in der Luft schweben, um einen Arzt oder einen Sanitäter am Seil zu mir herabzulassen. Eine ganz schön aufwändige und riskante Aktion, die viel Können verlangt!

Und wirklich: Der „Christoph-Heli" schwebte ein, stand ruhig aber laut knatternd über mir in der

Luft. Der Pilot muss bei solchen Rettungseinsätzen sehr verantwortungsvoll und erfahren die Höhe, die Entfernung vom Verunglückten, aber auch die Entfernung zu den Felsen und vor allen Dingen die Windverhältnisse berücksichtigen.

Dann sah ich, wie zwei Menschen aus dem Heli stiegen und langsam am Seil zu mir herabgelassen wurden. Es waren ein Arzt und ein Sanitäter. Das war schon eindrucksvoll, fast zum Vergessen aller Schmerzen! Endlich standen meine beiden Retter vor mir. Sie stellten sich vor: „Grüß dich, ich bin der Dr. Patrick Hübner und der Sani ist der Andras Moser." Dr. Hübner fragte mich, ob ich Angst hätte, mit dem Bergetau hochgezogen zu werden. Ich antwortete damals mit einem klaren "Nein", ich hatte ja keine andere Wahl, aber ich war sicher, dass die Männer solche Rettungseinsätze mit großer Routine beherrschen und mich nicht fallen lassen. Der Arzt untersuchte ruhig und konzentriert meinen Fuß und stellte einen wohl komplizierten Trümmerbruch fest, aber er bemühte sich immer wieder, mich zu beruhigen und mir Sicherheit, Zuversicht und Vertrauen zu vermitteln.

Ich wurde dann mit einer speziellen Seiltechnik sorgfältig und präzise angegurtet und noch einmal auf die bevorstehende luftige Fahrt hingewiesen. Der Arzt und der Sanitäter nahmen mich in die Mitte und langsam straffte sich das Berge-seil, ich entschwebte meiner Unfallstelle und ich sah Max und Simon noch unten auf dem schma-len Felsenpfad stehen und winken. Langsam setzte sich der Hubschrauber in Bewegung, und wir drei schwebten in schwindelnder Höhe am Seil weg vom Fels in Richtung Gruttenhütte. Trotz des Flugs hoch am Seil verspürte ich nie-mals Angst und fühle mich zwischen meinen Ret-tern sicher. Fast könnte man sagen, es war ein erhebendes Gefühl, so über das Land zu schwe-ben.

Nach kurzem Flug kamen wir zur Gruttenhütte. Hier gibt es eine Plattform für einen Rettungs-hubschrauber. Natürlich standen dort schon viele Zuschauer und beobachteten die Bergung. Hier wurden wir drei sanft abgesetzt, der Hub-schrauber landete, und ich wurde vorsichtig ins Innere des Hubschraubers gehoben, und ab ging der Flug weiter ins Krankenhaus nach St. Johann. Dort erklärte mir der diensthabende Arzt, dass ich noch am Abend operiert werden könnte und ich willigte natürlich ein.

Voll Dankbarkeit denke ich an die Crew des Christoph 4. Ich war beeindruckt von der Profes-sionalität und dem Mut dieser Rettungskräfte. Mein Dank gilt aber auch dem hilfsbereiten

„Bergwachtler" Simon für die Erstversorgung und die beruhigende Umsicht.

Nach 14 Tagen Krankenhausaufenthalt mit Gipsfuß gab's zwar noch einige Komplikationen, aber ich war bald wieder so weit hergestellt, dass ich – trotz allen Respekts vor den Gefahren der Berge – irgendwann wieder zu Gipfelbesteigungen und Bergwanderungen einzeln und in Gruppen aufbrechen konnte. Damals war ich sogar in Island und auf den Lofoten.

Heute mit 81 Jahren bin ich froh, wenn ich noch eine kleinere Almtour in unserer schönen Heimat unternehmen kann, die Aussicht genießen darf.

Mit Bärbel beim Jugendführerlehrgang am Glungezer

Bärbel war ausgebildet zur Jugendführerin im OeAV und hatte eine Einladung zu einem mehrtätigen Lehrgang über Schitourengehen und Lawinenkunde. Sie wollte mich mitnehmen, und ich sagte spontan, erfreut und auch etwas stolz zu. So fuhren wir mit einem großen Rucksack auf dem Rücken und die Schi auf den Schultern mit dem Zug über Traunstein, Salzburg nach Hallein und stiegen zum Vinzenz-Trollinger Haus hoch, wo der Lehrgang stattfinden sollte.

Die Veranstaltung wurde von Dr. Luis Lechner aus Innsbruck souverän geleitet, und wir fühlten uns in der Lehrgangsgruppe sofort wohl. Die Inhalte des Lehrgangs waren das Schitourengehen und die Lawinenkunde. Wir lernten zunächst in der Theorie, was es alles bei Hochgebirgs-Schitouren zu beachten gab: Da ging es um Wetter, um die Alt- und Neuschneeverhältnisse, die besonderen Temperaturen und Windverhältnisse, die Sonneneinstrahlung und tageszeitliche Erwärmung, die zu einer Durchfeuchtung der Schneedecke führen. Es ging um den Routenverlauf, die Hangneigung und das Gelände, die Höhendifferenz und die eigene, aber auch die Kondition der Gruppe.

Einen besonderen Schwerpunkt war der Lawinenkunde gewidmet. Wir lernten, bei welchen Schneeverhältnissen und bei welchen Hangneigungen Lawinengefahr besonders hoch ist. Dabei war das reale Einschätzen einer Lawinengefahr im Gelände für alle besonders wichtig.

In der Praxis mussten wir dann beim Aufstieg auf den Glungezer einen Lawinenhang einzeln überqueren und wurden dabei vom Lehrgangsleiter und der Gruppe beobachtet. Da wurde uns allen schon etwas mulmig, und sorgenvoll blickte ich, aber auch alle anderen des Kurses, immer wieder nach oben, ob sich die Schneedecke irgendwie verändert, ob Senkungen, Risse, feuchte Stellen oder sogar auch die helle Farbe des weißen Schnees Auffälligkeiten zeigt. Da waren Sorgfalt und gute Beobachtung angesagt!

Und im Steilgelände übten wir, am Seil im Tiefschnee abzufahren, was schon einige Übung erforderte, denn das Seil durfte weder zu straff sein noch durchhängen. Besonders schwer war es, ruckfrei und zügig zu fahren und zu schwingen und nicht zu langsam und nicht zu schnell zu werden. Da musste man besonders auf den Vordermann achten, genauso schnell fahren wie er und sich seiner Fahrweise anpassen. Das erforderte von allen höchste Konzentration, und vor allem gut vorausschauend zu fahren. Ich war hinterher ziemlich erschöpft!

Immer wieder wurde uns bewusst gemacht: Jeder Lawinenunfall ist immer einer zu viel und er ist eine gefährliche, enorme Stresssituation für jeden Beteiligten, aber auch für die, die eventuell helfen und retten müssen. Nur wenn wir ein Verhaltensschema verinnerlicht haben, sind wir in der Lage, situationsangepasst und flott zu reagieren, evtl. sinnvoll zu improvisieren ohne eigenes oder fremdes Leben zu riskieren. In jedem

Fall gilt: „Zeit ist Leben! Aber auch besonnenes Vorgehen ist Leben!" das schärfte uns unser Lehrgangsleiter immer wieder ein.

Es gab damals noch keine Lawinensuchgeräte, Mobiltelefone oder GPS-Geräte, und auch den täglichen Lawinenlagebericht übers Radio oder Internet gab's erst viele Jahre später. Wir waren also auf Verantwortungsbereitschaft  sich selbst und anderen gegenüber, auf routinierte Erfahrungswerte, auf Risikoeinschätzung und Erkennen von geringsten Anzeichen von Gefahr angewiesen und wurden bei diesem Lehrgang dafür sensibilisiert.

In diesem Kurs war für mich wirklich alles neu und interessant, und für diesen Zugewinn bin ich heute noch Bärbel dankbar, dass sie mich als Greenhorn damals mitgenommen hat, auch wenn ich danach nie eine echte Schitourengeherin geworden bin, weil mir später irgendwie die richtigen Leute dazu fehlten. Dafür war ich dann vor allem in den Dolomiten eine begeisterte Alpinschifahrerin... auf gepflegten Pisten.

Danksagung

Ich danke allen Mitautorinnen, Anneliese, Christa, Horst, Maria und Ulla für Ihre Beiträge und Unterstützung. Vor allem meinem Mann, Horst, für die Beratung und das Lektorat.
Meiner Tochter Birgit Osten, Artemino Kreativagentur, danke ich für den Entwurf und die Erstellung von Cover und Rückseite.

Bärbel Kießling
März 2025

Großer Möseler, Firndreieck

Meine Reflexion

Jetzt, nachdem ich alle Geschichten gesammelt, geordnet sprachlich ausformuliert und bis zur Druckreife dieses Büchleins gebracht habe, bin ich froh und dankbar, dass aus der Runde unseres Treffens in Ruhpolding im Herbst 2024 die Idee entstand, all das festzuhalten.

Es war wirklich eine gehörige Portion Arbeit mit Sammeln, Zusammenführen und schlüssigem und flüssigem Formulieren. Außerdem musste ich natürlich viele Fakten und Zusammenhänge recherchieren, prüfen und in Einklang bringen. Und wiederholt waren Nachfragen bei den Erzählerinnen nötig.

Auch die Fotos aus verschiedenen Quellen und in sehr unterschiedlicher Qualität mussten – so weit möglich – für den Druck aufbereitet, gescannt, digital bearbeitet und eingefügt werden. Dass sie unter heutigen Aspekten nicht allen Qualitätsanforderungen entsprechen, dürfte selbstverständlich sein. Trotzdem tragen sie – aus meiner Sicht – auch in dieser Form deutlich zur Lebendigkeit des Buches bei.

Im Rückblick und in der Überschau bin ich sicher, dass doch eine ansprechende Ganzheit von Erzählens- und Lesenswertem entstanden ist, das besondere Einblicke gewährt in die damalige Zeit des Bergsteigens, in die Bedeutung von Kameradschaft, Freundschaft, Zuverlässigkeit und Lebensfreude, die ich der heutigen Jugend gerne wünsche.

Denn diese Seilschaften im weitesten Sinne sind und bleiben wahre Seilschaften fürs Leben, so wie es der Titel des Buches sagt.

Bärbel Kießling
März 2025

Buchempfehlungen

Von Bärbel Kießling
ist auch das Buch
„Die Kindsmagd"
erschienen.

Die kurzweiligen
Erzählungen beschrei-
ben das arbeitsreiche
Leben der Anna Spitzer,
die als Kindsmagd
bereits im Alter von
elf Jahren von zuhause
fort musste, um auf
einem Bauernhof
zu arbeiten.

Bärbel Kießling beschreibt das Leben ihrer Großmutter
und auch die gemeinsamen Jahre, als die „kleine Bärbel"
während des Krieges bei der Oma aufwuchs. Das Buch ist
eine interessante Zeit- und Gesellschaftsstudie des Tirols
der Jahrhundertwende und bringt uns das Leben auf dem
Bauernhof nahe. Zudem ist es eine Liebeserklärung an
eine starke Frau, die trotz Widrigkeiten mit Mut und
Demut durchs Leben ging.

Taschenbuch, 186 Seiten, Herausgeber BoD
ISBN 978-3754348154

Mit dem Camper ins Abenteuer
Das Beste aus 50 Reisetagebüchern durch Europa, Afrika, Amerika und Asien...

Das Ehepaar Bärbel und Horst Kießling tourte mit ihrem Bully und anderen Wohnmobilen durch viele Länder. Auf ihren Reisen haben sie viel erlebt und alles in Tagebüchern festgehalten. Die besten Erlebnisse sind in diesem Buch zusammengefasst. Unterhaltsame Anekdoten, spannende Geschichten und leckere Rezepte aus Bärbels Bordküche nehmen uns Leser mit auf die Reise!

Taschenbuch, 300 Seiten, Herausgeber BoD
ISBN 978-3752619430

Mit dem Rucksack ins Abenteuer
Reiseberichte und Anekdoten

Auch in ihrem zweiten Reisebuch
„Mit dem Rucksack ins Abenteuer" nimmt uns
das Ehepaar Bärbel & Horst Kiessling
wieder mit auf interessante Reisen.
Spannende und heitere Geschichten aus
30 Reisetagebüchern erzählen von Erlebnissen,
Eindrücken und Begegnungen. Unterwegs mit Bus,
Flugzeug, Schiff, Eisenbahn und zu Fuß in der Welt –
ein unterhaltsamer Lesegenuss!

Taschenbuch, 300 Seiten, Herausgeber BoD
ISBN 978-3757827687